HENRY BESTON

贝 斯 顿 童 话 系 列

The Starlight Wonder Book

星光童话

〔美〕亨利·贝斯顿 著　　顾惜之 译

浙江出版联合集团

浙江文艺出版社

目 录

001 勇敢的投弹手
The Brave Grenadier

019 黑夜王宫
The Palace of the Night

039 隐形的婴儿
The Enchanted Baby

059 两个磨坊主
The Two Millers

079 金刚门
The Adamant Door

101 冬眠之城
The City of the Winter Sleep

117 艾里尔和艾琳达
Aileel and Ailinda

137 神奇乐曲
The Wonderful Tune

159 森林野人
The Man of the Wildwood

177 山中少女
The Maiden of the Mountain

197 地海之钟
The Bell of the Earth and The Bell of the Sea

223 世外仙林
The Wood Beyond the World

247 雪人
The Snowman

265 森林之王
The King of the Wood

285 迪戈里
Diggory

勇敢的投弹手

The Brave Grenadier

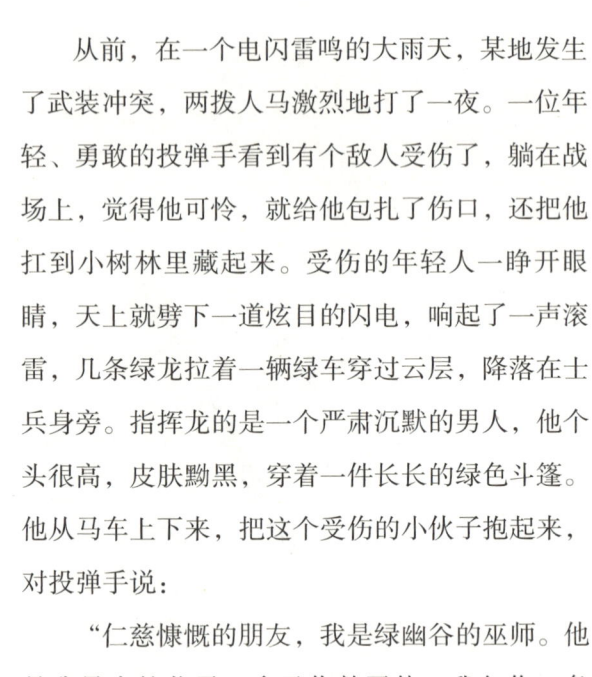

　　从前，在一个电闪雷鸣的大雨天，某地发生了武装冲突，两拨人马激烈地打了一夜。一位年轻、勇敢的投弹手看到有个敌人受伤了，躺在战场上，觉得他可怜，就给他包扎了伤口，还把他扛到小树林里藏起来。受伤的年轻人一睁开眼睛，天上就劈下一道炫目的闪电，响起了一声滚雷，几条绿龙拉着一辆绿车穿过云层，降落在士兵身旁。指挥龙的是一个严肃沉默的男人，他个头很高，皮肤黝黑，穿着一件长长的绿色斗篷。他从马车上下来，把这个受伤的小伙子抱起来，对投弹手说：

　　"仁慈慷慨的朋友，我是绿幽谷的巫师。他是我最小的儿子，多亏你救了他，我欠你一条命。请收下这根小小的绿魔杖作为纪念，好让我报答你天大的人情。不管什么东西，只要你用魔杖在上面打一下，那东西就会不断地变大，直到你喊'够了'为止。不管什么东西，只要你用魔杖在上面打两下，它就会不断地变小，直到你命令魔法停止。再见，勇敢的投弹手，希望好运永伴你左右。"

说完，巫师用他宽大的绿色斗篷裹住了儿子的身体，命令那几条黄色眼睛、长着鳞片的绿龙上路。龙车在暴风雨里飞了起来，消失在黑夜之中。

等战争结束，投弹手也不得不退伍，去自谋生计。他依然穿着投弹手的制服，套着蓝色的厚大衣，大衣的扣子扣得紧紧的。他用白色皮带把背包交叉固定在身前的腰带上，又戴上磨光了的大帽子，离开军营，翻过几座山，去了很远的地方。

现在是初秋时节。大风在头顶咆哮，尖声歌唱着从还挂在树上的枯叶间吹过。红彤彤的苹果落在了凝结着冰霜的草地上。乡下人在收割过的农田里捡拾麦穗。投弹手经过了很多村庄，希望能在农场找到活儿干，好度过这个冬天。他敲响了一扇又一扇门，但始终没有如愿。往前走，光秃秃的落叶林和孤寂的田野后面，渐渐出现了金刚山那高大的山峰，新落的白雪在峰顶上闪烁着光芒。投弹手沿着宽阔的公路，走进了大山深处。

走了很长的路以后，投弹手想："也许我到山那边的王国去，运气能好一点。"山里真是太安静了！投弹手一会儿听到河水在路边峡谷里的咆哮声，一会儿又听到苍鹰在孤崖上高飞盘旋时发出的鸣叫。

到了第三天中午，投弹手遇到了一根铜柱，它代表着从这里开始是这条路的下坡路段，通向山外的那些王国。刺骨的寒风带着冰雪的气息，从四周那些山顶上吹了过来，这让投弹手觉得又冷又饿。他躲在铜柱后面，把肩上的背包拿下来，去找里面最后剩下的面包和奶酪。那是前一天山村里一个好心的妇人送给他的。唉呀，背包里只剩下一丁点面包屑和一丁点奶酪屑了！投弹手在包里努力翻找，突

然，他发现了那根绿魔杖。他差点都要把它给忘记了。要不就试试这根魔杖的效力吧，他想着，就用它轻轻地打了面包屑一下。

他这一打下去，面包屑就跳到空中，砰地变成了几英寸长，然后掉到了地上。很快它就长成了一整条面包那么长。一两刻钟后，这块面包就变成桌子那么大了。再后来，面包大得像一座小屋子，但它还在变大、变大、变大。

"够了！"投弹手喊道。魔法停止了。投弹手又用魔杖打了面包山两下。

面包又跳到了空中，但这次它在变小。当它又变成一块正常的大面包时，投弹手让魔法停下。他又用魔法把奶酪屑变成了足够大的奶酪。然后他发现，这顿饭给国王吃都可以了。他吃饱以后，为了好玩，又把一块鹅卵石变成了巨大的岩石。直到今天，我们还能在金刚山里看到这块大石头呢！

在历经七天的长途跋涉后，投弹手来到了位于金刚山和大海之间的金色平原。

在投弹手到达那里的时候，有一条半龙半马的马龙[1]，给金色平原带来了席卷整个区域的饥荒和毁灭，使这里的人们日复一日地受着折磨。一些人认为，这个可怕的怪物是因为肚子饿，所以从太阳森林的岩石洞穴里出来觅食。一个月前，它突然猛地扑到丰收的田野上，然后在这片区域到处游荡，直到绝大多数珍贵的麦子都被烧掉毁掉。更糟的是，马龙甚至还踩破了好些皇家粮仓，那里面都是老百姓们以前尽力储存的麦粒。

1　马龙（hippodrac）：这里指一种半龙半马的怪物，是亨利·贝斯顿生造的词。巧合的是，科学家们在2010年命名的一种恐龙也叫马龙（hippodraco），由希腊语中的马（hippos）和拉丁语中的龙（draco）组成。

我必须告诉你，这只可怕的怪物，是一种长着翅膀的马。它比地上的任何动物都要大，像午夜一样漆黑，头部和胸部覆盖着护甲一样的龙鳞。它巨大的翅膀像乌鸦翅膀一样又黑又亮，邪恶的脑袋像马一样有个大下巴，蹄子上钉着蓝色的马蹄铁，还喜欢吞食火焰。你会发现金色平原的人有充足的理由害怕它。黑翅展开，马蹄奔腾，马龙从火焰熊熊的紫罗兰色口鼻中发出吼声，这让人们畏惧不已。

　　为了摆脱这个怪物，金色平原的人们拿出了一笔惊人的财宝。谁若能战胜这个入侵者，这笔财宝就归他所有。投弹手身上依然有着真正的军人气概，他想要打败马龙，一举赢得荣耀和财富。

　　如今，这个王国的米拉贝尔公主尚未成年，大法官代她摄政。这个坏人一点都不想把这笔财宝交出去。他从皇家宝库里偷了很多很多钱，连一个便士都没剩下，而且他一点都不怜悯苦难中

的人民。大法官既害怕那条马龙，又害怕要清空钱袋子，把偷来的黄金全都奖赏给除掉马龙的勇士。所以他成天在城堡大厅里走来走去，左右为难。不过，迄今为止，还没有人除掉马龙，向他索要那笔财宝。

投弹手找了几个见过马龙的人了解了一下情况，然后回到小旅馆里，制订行动计划。他一个人坐在火炉边的高背长椅上，看着火焰越变越红，就像即将隐没在西山的夕阳。很快，天黑了，夜里又安静，又寒冷，又明亮，因为冬夜的星辰正渐渐升起。

投弹手悄悄出了王城，很快来到了田野之中，这里被焚烧、践踏得一片狼藉。马龙来的时候，农民们正在收割麦子、打捆堆放，见它来了，他们都吓得逃走了，留下的麦子就都被毁了。没被割下的麦秆都已经枯萎腐烂了。这里有一座被烟熏黑的空房子。没过多久，投弹手就看

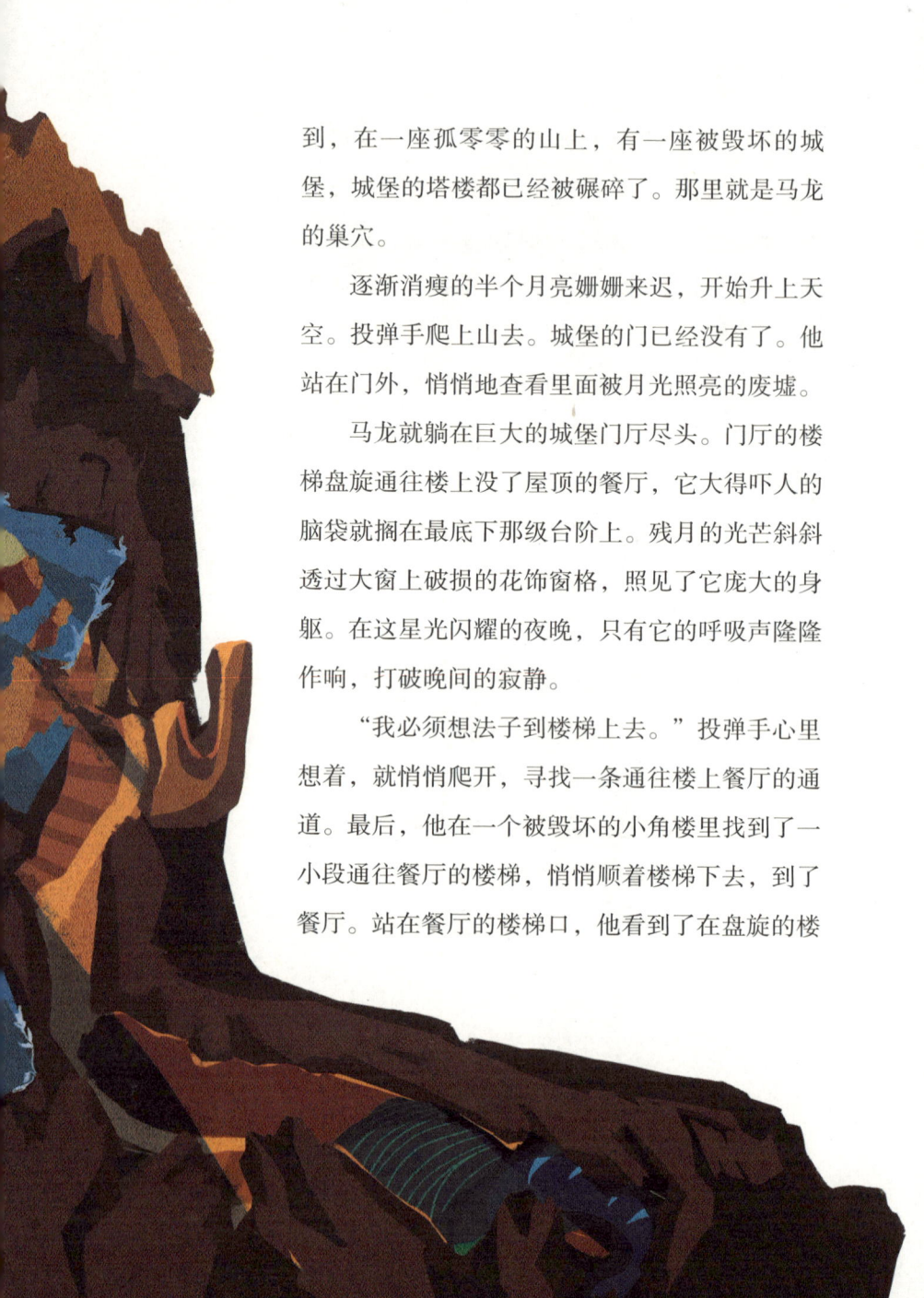

到，在一座孤零零的山上，有一座被毁坏的城堡，城堡的塔楼都已经被碾碎了。那里就是马龙的巢穴。

逐渐消瘦的半个月亮姗姗来迟，开始升上天空。投弹手爬上山去。城堡的门已经没有了。他站在门外，悄悄地查看里面被月光照亮的废墟。

马龙就躺在巨大的城堡门厅尽头。门厅的楼梯盘旋通往楼上没了屋顶的餐厅，它大得吓人的脑袋就搁在最底下那级台阶上。残月的光芒斜斜透过大窗上破损的花饰窗格，照见了它庞大的身躯。在这星光闪耀的夜晚，只有它的呼吸声隆隆作响，打破晚间的寂静。

"我必须想法子到楼梯上去。"投弹手心里想着，就悄悄爬开，寻找一条通往楼上餐厅的通道。最后，他在一个被毁坏的小角楼里找到了一小段通往餐厅的楼梯，悄悄顺着楼梯下去，到了餐厅。站在餐厅的楼梯口，他看到了在盘旋的楼梯下面睡觉的马龙。投弹手一级一级走下去，慢慢接近马龙。

突然，投弹手踢到了一块石头，石头滚落，发出噼里啪啦的声响。被惊醒的马龙大吼一声，投弹手情急之中飞快地用绿魔杖打了它两下。

马龙又惊又怒地大吼一声，整个王城还在睡觉的人全都被惊醒了。说时迟，那时快，它跳到了空中，疯狂扇动翅膀，暴怒不已却又不知所措，身体越变越小，越变越小。很快它就变成了小马驹那么大，然后又变成了狗那么大，现在它的个头就跟小猫咪一样大了。

"够了！"投弹手喊道。这小小的怪物气得发狂，它像一只受惊的鸟飞到废墟的一个角落里，到处乱钻，疯狂地扑腾。投弹手用自己的高顶帽子捉住了它，把它丢进了背包。干完这一切，他快步回到旅馆，上床睡觉。

他回来的时候，被大法官手下的一个狗腿子

看到了。见他眼睛里闪耀着胜利的光芒，这个狗腿子连忙跑去给主子报信。心肠歹毒的大法官怀疑他用什么魔法制服了马龙，就亲自去了旅馆，趁投弹手睡觉的时候偷走了绿魔杖。

第二天一早，投弹手给宫廷大臣们报信，说自己已经战胜了马龙，希望他们来亲眼看一看。很快，皇家信使就现身了，要他十点钟到朝会上去。

投弹手用背包背着小小的马龙，顺着指引来到了王宫的审判厅。米拉贝尔公主坐在宝座上。大法官就站在她身边，邪恶的双唇现出一个胜利的微笑。但投弹手眼里只看到了青春年少的公主，她就像今年的第一朵野玫瑰一样美丽。至于公主，坦白地说，她觉得这个黑头发蓝眼睛、强壮勇敢的年轻投弹手大概是她见过的最招人喜欢的人了。

投弹手简单而谦逊地描述了他抓住马龙的经过。公主的身体稍微前倾了一点，很感兴趣地听着这个故事。

"那你的证据呢？"大法官问道。

"在这里。"投弹手说着，打开了背包，把马龙抓出来，放在宝座前面的地毯上。为预防出事，投弹手已经剪掉了怪物的翅膀。这小东西虽然又生气又害怕，却什么都做不了，只能用小小的蓝色蹄子生气地跳个不停，像疯了一样左右踢打。众大臣都惊叹出声，伸长了脖子向这边张望。在场的所有人都看向了大法官，想听听他会说什么。

"那个小东西，就是大马龙？"大法官心怀鬼胎地说道，"呸！骗子，那分明是一只小猫！我根本不用为这玩意拿出赏金！"

"那你是怀疑我了？"投弹手生气地说。

"等等！"他把手伸到衣袋里，想取出那根小小的绿魔杖。可是，它不见了！

大法官心满意足地看着可怜的投弹手疯狂地把手插进每一个口袋，寻找那根魔杖，又"呸"了一声，说："你们看，他是假装的，他根本做不到这件事。这家伙是个骗子。嗬，卫兵们！把这个骗子和他那只跳舞的小猫关到牢里去！"

"但它看上去确实就像马龙呀。"公主提出了异议。

"不！一点都不像，一点都不！"大法官吼道。他威胁其他大臣，谁反对他，他就把谁送到金刚山的皇家钻石矿去挖矿，很快所有希望公正处理此事的人都闭上了嘴。

可怜的投弹手被关在天牢的单人牢房里，等着某天被送去挖矿。他发现手上有大把空闲时光，就试着驯服这条小小的马龙。让他惊喜的是，这个脾气暴躁的小家伙立刻作出了反应。很

快它就能乖乖地吃他手上的面包屑了。不到两星期，它就学会靠右前爪拍击地面，来拼写字母和单词了！日子一天天过去，它被剪掉的翅膀又长成了原来的样子。

一天早晨，投弹手难过地叹气道："唉，要是你能把绿魔杖拿还给我就好了！"

听到这话，马龙就在桌上敲出了一段激动人心的军乐，然后在投弹手抓住它之前，唰地展开闪闪发亮的翅膀，从窗户的铁条间钻了出去，飞向了外面的世界。

整整一天，投弹手都在等它回来。黄昏来临时，他想："它已经永远地飞走了。"可是，过了一会儿，他听到了那双小翅膀呼呼飞动的声音，是马龙叼着那根小小的绿魔杖回来了。你肯定能想象得到，投弹手是多么惊喜呀！就在这天晚上，投弹手设法向公主递上了一封请愿书，恳求再次来到她面前，证明他说的故事是真的。

奸计得逞的大法官做梦也没想到投弹手还能翻身。这会儿他已经出去打猎了。所以公主自己做主，第二天就传召投弹手来到朝堂。哎呀！就在投弹手来到宝座前的时候，大法官接到另一个狗腿子紧急传递的消息，也赶了回来，怒气冲冲地大步走进审判厅。

　　"这是怎么回事？"他吼道，"这个家伙怎么从牢里放出来了？嗬，卫士们！立刻把他关回去！"

　　"不行！"公主勇敢地说，"我相信他，在我的王国，他应该得到公正的对待！"

　　"你胆敢反对我？"大法官喊道，"卫兵们，立刻执行。"

　　少数几个卫兵大步向投弹手走去。投弹手的嘴唇和眼睛里都浮现出了笑意，他用魔杖飞快地在马龙身上点了一下。

　　这个小家伙跳到了空中，立刻开始变大。突然，它愤怒地哼了一声，后腿着地，再一次发出

了嘶吼，就和上次在城堡废墟遭受投弹手魔法袭击时发出的嘶吼一样。人们吓得四散逃走，只有米拉贝尔这个有勇气的小姑娘还站在原地。

等到马龙变回原来大小时，投弹手喊了一声："够了！"这怪物和投弹手对视了片刻。投弹手依然微笑着。

于是马龙就明白了他的意思。

它发出了最最吓人的愤怒吼声，冲上前去，一口咬住了大法官的后衣领。然后它张开巨大的翅膀，跳到下面的大厅，冲破窗户，飞上了万里无云的天空。这次的经历让它大受惊吓，于是它又飞回了太阳森林里的老巢，再也没有打扰任何人的生活。

在回家的路上，它飞得非常非常高。忽然，它觉得叼着大法官太麻烦了，就松嘴让他掉了下去。后来再也没有人听说过大法官的消息，也没有人会知道了。

骚动平息下来之后，城中百姓们都欢呼起来，赞美投弹手保护了他们的国家，还把大法官偷走的那笔财宝交给了他。但投弹手已经找到了另一个宝贝，他爱她远胜过那些财宝——那就是公主米拉贝尔。这年轻、俊美的一对儿在新年庆典上举行了盛大的婚礼。

　　于是，勇敢的投弹手当了国王，和米拉贝尔一起过上了幸福快乐的生活。他们统治了金色平原很多年，把这里治理得蒸蒸日上、欣欣向荣。

 绿幽谷的巫师送给投弹手的是什么？

请在贴纸中找出答案吧~

黑夜王宫

The Palace of the Night

从前有个群岛国，有一天，国王把他的儿子赫利俄斯[1]王子叫到会议室来。他把这个年轻人带到窗边，指给他看停泊在皇家海湾里的一条好船。船帆迎风鼓荡，好像这条船马上要出海远航。王子便等着父亲开口。

"你是我的独生子。"国王说道，"而利里娅公主是我们的朋友和同盟平原皇帝的独生女。你和她还小的时候，我就和平原皇帝订了这门亲事。到仲夏那天，利里娅公主就到结婚的年龄了。现在你应该出发，到她父亲的朝堂上觐见他。看，我为你这次航行准备了一条多好的船啊。"

---

1 赫利俄斯（Helios）是希腊神话中太阳神的名字。

"据说公主非常美丽。"国王补充道，"去吧，亲爱的儿子，祝你一路顺风。"

"父亲，那我就等夜里涨潮的时候出发。"王子说道。他这么说了，也就这么做了。马上就到午夜的时候，他下令解开缆绳。在宜人的清风吹拂下，他的船向黑夜中进发。很快他就把海湾的灯塔甩在了后面，感受着海上遇到的第一波大浪。

夜以继日，日以继夜，船沿着既定的路线航行。在一个阳光明媚的下午，船员们向东望去，看到商人岛上的蓝色山脉正从海平面上徐徐升起。赫利俄斯想给船上补充新鲜淡水，更想去那里的金熊集市看看，就改变航线，去了商人岛。很快，甲板上的船员都看到了这个著名集市的标志性高塔，高塔顶端立着一只巨大的金熊，在海港的薄雾之上散发出朦胧的亮光。

太阳落山时，王子带着船员们走进金熊集市，来到了一片喧嚣的最中心。人们穿着各式各样充满异国风情的服饰，操着各种古怪的口音，店员和客商的叫卖声、讨价还价声响成一片。世界上从来没有一个商场像金熊集市这样丰富多彩、热闹非凡！

世界上任何东西都能在这里买卖。在一个摊位上，有位戴着天鹅绒帽子、穿着学士服的德高望重的男子正在出售语言，包括稀有的语言、丰富的语言、古怪的语言、美丽的语言。他干脆利索地和一群诗人和恋人完成了一笔交易。在另一个摊位上，有位穿着绿衣服的老太太在把玫瑰色的眼镜卖给觉得世界不够美好的人们。那里还有位快乐的蓝衣服小伙子在出售阳光。他用一面镜子捉到了一些阳光，然后用小块的魔法玻璃把它们封印在里面，卖给顾客。

赫利俄斯对这些阳光很感兴趣。不管白天黑

夜，它们都像钻石一样闪闪发光。他想："我买一块送给利里娅公主，她一定会喜欢的。"于是他买下了其中最好的一块。

赫利俄斯带着船员们在集市漫步，又看到有个穿着棕色灯芯绒衣服的乡下人，他手里提着一个柳条笼子，里面关着一只海鸟。王子很喜欢这些在天上自由飞翔的小生灵，就对他说：

"好伙计，你要带着你的鸟儿去哪里？"

"去动物商人那里，先生。"乡下人说，"有天早晨风暴过后，我在我家田里发现了这只野鸟。先生，你看，它头顶上的一圈羽毛，看上去完全就像一个王冠啊。"

"咦，还真是！"年轻的王子说，"请过来一下。你能把它卖给我吗？"

"噢，当然了，先生。"乡下人说，"你就给我一个金弗罗林，再加一便士银币。"他伸出手来。

"好的！"赫利俄斯付了钱。出乎乡下人意料的是，他打开了笼子的门，让海鸟自己出来。它一得到自由，就飞到他们头顶上绕了几圈，然后朝海港和船只的方向飞去，很快消失在茫茫大海之上。

王子又启程出发了。有好几天都是风平浪静，天气晴朗。接着有一个晚上乌云密布，还起了风。第二天白天，风越刮越大，变成了台风。喧嚣声越来越响，那是风穿过桅杆左右支索的呼啸声，船上木料受到压力发出的咯吱声和破裂声，水手们的喊声，还有海浪怒吼和溅起泡沫的声音。整整一个晚上，王子的船都在黑暗癫狂的大海中漂荡，离航线越来越远。就在快要日出的时候，突然，众人听到一声巨响，然后整条船都摇晃起来。原来船底撞上了暗礁，裂开了。一个大浪把赫利俄斯从甲板上扫落海中，紧接着船的残骸又砸中了他，他就什么都不知道了。

他醒来的时候，已经快到中午了，他发现海浪把他送到了一个不知名的岛屿，这里是一片有很多石头的海滩。他面前是风暴之下波涛汹涌的大海，身后是一座高高的悬崖，它是由世界上最漂亮的深蓝色岩石组成的。蓝色的悬崖东西走向，阴森森的，你能看到的地方都是光溜溜的，根本爬不上去。王子的船有根破桅杆从暗礁和咆哮的海浪中露了出来，但他的船员都已不知去向，踪迹全无。赫利俄斯心里沉甸甸的，他拖着沉重的脚步沿着海滩走去，想要寻求帮助。

　　几个小时过后，涨潮了，他被潮水逼得离悬崖越来越近。就在他要绝望的时候，他看到悬崖顶上有一个海岬伸入海中。那上面连路都没有。但赫利俄斯还是从嶙峋的蓝色巨岩堆上爬了过去，最终来到了悬崖顶上。

　　他面前是一个巨大的黑暗岛屿。这是一个孤独的岛屿，上面有阴影笼罩的土地，阴森森的树林，岩石和小山丘都是黑咕隆咚的。除了四周的海水发出的轻微呢喃，还有风的叹息，这个岛安静得就像一个埋在地底深处的世界。这里寂静又黑暗，就好像黑夜统治了这里，白天永远不会打扰这里的宁静。在这一片昏暗的中心，矗立着高高的围墙和城垛。乌云在西方天空集结成云山，沉甸甸地压在上面。围墙和城垛里面，是一座庄严肃穆的宫殿，它是用岛上灰暗的岩石砌成的。巨大的宫门和门的铰链都用白银制成，每一扇窗户都被白银和石头做的百叶窗牢牢挡住。

四下里没有一点声音。不管是一声叹息，还是一片树叶飘落的声音，都听不到。也没有任何活人、活物存在的迹象。赫利俄斯见没有人给他开门，就走到花园里，看到里面的花都是只在夜里开放的品种。

突然，王子听到了身后的脚步声，他猛地转过身来，却发现一位美丽的公主正望着他，她的双眼好奇而警惕，似乎还怀着某种希望。

"回答我！你是什么人？在这里做什么？"公主飞快地问道。

赫利俄斯回答，他是一个遭遇了海难的王子。他把他历险的经过简短地告诉了公主。

"天哪！"这位少女叹息道，"你来到了一个黑暗的国度。这座岛是黑夜巫师的大本营，日落后到黎明前的精灵世界都在他的掌握之中。黎明时，他庞大的力量就开始减弱，等到天亮了，他和他的黑夜居民就会快速退回到这座锁了门、关了窗的王宫里来，躲避他们害怕的阳光。只有我是白天出去的，因为我是个普通的凡人。现在，你听我说。

"我是利里娅公主。我父亲是平原皇帝。我从小就和群岛国国王的独生子赫利俄斯订了婚。两个星期前，黑夜巫师出现在我父亲的王宫里，傲慢自大地向我求婚。我父亲虽然有不祥的预感，但还是勇敢地拒绝了他，告诉他我已经订婚了。

"巫师就走了，丝毫没有掩饰他的怒火。就在那天晚上，他在他那些长着翅膀的随从的协助下，把我从我父亲身边偷走，带到了黑夜王宫里。

"昨天，他叫我准备好明天日落时嫁给他。噢，我该怎么办？我该怎么办？"

"尊贵的利里娅，"王子说，"我就是赫利俄斯，我正要去见你父亲，就在路上遇到了海难，来到了这个岛。"

公主听到这话，立刻又有了勇气。王子也忘了自己刚刚遭遇了海难，非常需要帮助，他满脑子都想着把公主从黑夜王宫救出去。利里娅也忘了自身的处境，满脑子想着王子一个人被抛在岛上的困境。她离开了一小会，悄悄给王子拿了食物，然后他俩都开始思考接下来能做些什么。

"我们只有一个晚上和一个白天。"利里娅说，"你必须尽快藏起来，因为太阳落山的时候，王宫的门就会打开，他们出来会发现你的。悬崖上有几个岩洞，你就藏在一个岩洞里，等日出的时候再回到宫里。我会在花园等你。"

于是赫利俄斯和利里娅分开了。赫利俄斯出了花园，一路跑到海岬最高处，再顺着斜坡下到海边的沙滩上。此时已是日落时分，他回头望向王宫，听到奇怪的钟声形成宏大的声浪一波波涌来，奇怪的音乐也开始响起，王宫的一千扇窗户里都亮着月光火焰。

很快赫利俄斯就找到一个大岩洞，藏在了里面。午夜过后，没多会儿，他就听到地里传来了巨大的声响，像打雷一样。洞壁都摇晃起来，紧接着传来了巨岩和小石块轰隆隆滚来的声音。

"这是怎么了？"王子在岩洞的黑暗中不安地想。

他马上就知道答案了！一只坏心眼的夜鸟已经把赫利俄斯出现在岛上的事告诉了它的主人，黑夜巫师一个咒语，就让整个海岬从悬崖上掉了下去，在海滩上摔成了碎片。从那里也没法再爬上来。黑夜巫师还清楚，第二天潮水就会涌到蓝色悬崖脚下，把赫利俄斯冲走。

赫利俄斯沿着荒凉的海滩走去，看到带点蓝色的沙堆里好像有什么东西，走过去一看，发现是他的箱子。这个外边刷了油漆的箱子，以前是放在他船上房间里的，现在上面缠绕着无数水草。它仍锁着，虽然被海水腐蚀了一点，但还是很牢固。不过海水和礁石已经把木板上的搭扣泡松了，所以王子没费什么劲就打开了盖子。他带着悲伤的微笑，看着里面满是沙子、散发着霉味的长袍和其他精美的衣裳，他的金冠和镶嵌着宝石的剑，还有他本来打算送给利里娅的丰厚礼物。除了这些东西，挤在箱子角落里的，还有他在金熊集市上买的那束阳光。王子高兴地大叫一声，一把抓住它，放在最靠近他心脏的口袋里。

"只要利里娅有了它，"他喊道，"黑夜巫师的力量就无法控制她了！"明知爬不上去，但他绝望之中还是抱了一丝侥幸，希望能在蓝色悬崖上找到落脚点。可他焦急万分地沿着海滩走了好几英里，就是找不到可以爬上去的路径。最后一波暴风雨到来了。海水嘶吼着撞在蓝色的崖壁下，碎成银白色的泡沫。黑夜岛在明亮辉煌的阳光下兀自矗立，漆黑如墨。

王子赶紧向悬崖跑去，继续寻找上去的通路。潮水已经涨得很高了，快速向这边冲来，现在去悬崖脚下只剩下一条很窄的小路。就在海水触及他双脚的时候，他踩到了岩石上的一条裂缝里，这条裂缝为他成功提供了一点微小的机会。

他把手指卡进岩缝里，踩着岩壁上的凸起，用酸痛的手臂拖着自己一点一点地往上爬，直到再也没可能爬上去——这里已经离海面很高了，他不得不停下来，在极窄的岩架上休息。剩下需要攀爬的距离，只比一个成年男子的身高多一点点，但上面的岩壁太光滑了，找不到任何可以抓握或落脚的地方。而海平面也在不断上涨，越涨越高，海水在下方汹涌奔流。

赫利俄斯的力气稍微恢复了一点后，就再度研究起崖壁来，可还是没有想出办法。突然，他的袖子被拉了一下，然后他看到很多海鸟绕着他头顶盘旋飞舞。有的飞过来，用爪子抓起他衣服上的褶皱；有的拍打着巨大的翅膀，努力想带他飞起来。很快，他就感到双脚离开了窄窄的岩架。鸟儿们拍打翅膀和叽叽咕咕说话的嘈杂声响包围了他，他被鸟儿们抓着，向蓝色悬崖上方飞去。赫利俄斯认出来了，飞在前

面领导鸟群的鸟王，正是他在金熊集市上买下放飞的那只鸟儿！还没等他说谢谢，鸟儿们就像一大片长了翅膀的雪花，呼啦啦地飞走了，把赫利俄斯留在悬崖顶上。白天压在他心里的绝望之情已经一扫而空。

这一天马上就要结束了。西方的天空没有一片云彩，灿烂的金色夕阳悬在地平线上，很快，它的每一道光线都要沉入大海。赫利俄斯匆忙奔向黑夜王宫，笔直冲向那扇王宫大门，敲打它，想要进去。

但没有人开门。黑夜王宫依然又黑暗，又寂静。太阳的边缘已经贴近了海平面，微风吹过神秘的花园，属于夜晚的花朵就像沉浸在梦中的人一样点着脑袋。

"噢，太阳的珍宝，"赫利俄斯喊道，"请给我力量吧！"说着，他就用手去触碰封印在玻璃里面的阳光。大门喀嚓一声，紧接着两扇门都喀嚓喀嚓摇晃起来，然后一下子就打开了。赫利俄斯不断闯过一道门，又闯过一道门，路过一块又一块沉重的挂毯，最后，他发现自己来到了黑夜王宫的正殿门外。宽阔的墙壁上挂着深蓝色的天鹅绒帐幔，上面洒满了黄金、白银做的星星。在上方难以看清的高度，悬挂着银色链条，有一千盏灯在链条上摇晃，灯里燃烧着苍白的月光火焰。正殿里有巨大的柱子和黑暗的过道。正殿一侧的高台上有一个银王座，黑夜巫师正双手交叉，站在座前。他身边有第二个王座，座前站着高傲而苍白的利里娅公主。黑夜居民都聚集在他们周围。

大门向两边打开，所有人都转过头来，看向赫利俄斯。

巫师黑色的眼睛一锁定赫利俄斯，就立刻念出了一个可怕的咒语。但他的咒语一碰到阳光，就倏然瓦解了，就像骇人的巨浪拍打在悬崖上，碎成浪花和泡沫那样。

"抓住他！"巫师下令。

听到这句话，一大群黑夜居民都冲到了赫利俄斯身边，包围了他，却不敢袭击他。王子把那束阳光横在身前，另一只手拉住了利里娅，牵着她向门外走去。但就算他这么做了，巫师还是在他们出去的通路上施放了可怕的银色火焰，以阻拦他们。

此时海平面上溅起的浪花已经碰到了夕阳。

赫利俄斯保护着利里娅，一路扑打着火焰，努力向正殿尽头巨大的楼梯前进。那边墙上有一个朝西的巨大圆窗，安着白银窗栏和石头做的百叶窗帘。巫师和黑夜居民们闹哄哄追在他们身后，殿堂里满是魔法和雷霆的巨响。

来不及犹豫，赫利俄斯就把那束阳光按在了窗栏上，两扇百叶窗立刻大开。此刻夕阳尚停留在波涛之上，天空和海水都像着火了一样，阳光的巨浪冲进黑夜王宫，顷刻间扫荡了一切，就像很多只小号同时吹奏出胜利的乐章。

王宫里传来了一声长长的哭号，但很快就消失了。赫利俄斯和利里娅回头看了一眼，黑夜巫师和他的黑夜居民已经灰飞烟灭。再也没有人见过他们。在阳光里，原来的天鹅绒帐幔变成了蜘蛛网，燃烧着月光火焰的灯盏也变成了空空的贝壳。

赫利俄斯和利里娅手拉手走向逐渐变黑的大海，看到一只海鸟正指引着一艘商船向这个小岛驶来。快乐的水手们很快就在海岬救起了这对恋人。不可思议的是，赫利俄斯之前那条船的船员全都在这条船上。船遇难的时候，他们紧紧抓住了一块巨大的船骸，一起得救了。于是赫利俄斯和利里娅回到了利里娅的国家，用最最盛大的仪式举行了婚礼。我听说后来他们一直都幸福快乐地生活在一起。

Q 赫利俄斯在集市上给利里娅公主买了
什么？

隐形的婴儿
The Enchanted Baby

从前，某国有个国王，和妖精发生了激烈的争吵。在这场争吵中，国王占尽上风。妖精就放弃了这个王国，等待时机用恶作剧来报复国王。当他听说国王的第一个儿子，也是唯一的儿子出生了，并将在王宫觐见室和大家见面，他知道，时机到了。

庆典上的场面非常光彩，聚集了几千号人。全国的大人物们都挤在王宫觐见室，有的在走动，有的想走动却被挤得动不了。遗憾地说，有些人缺氧晕倒了，有些坏脾气的人在人堆里推推搡搡，有些人帽子都歪到了一边，有些人说着刺耳的骂人话，还有些人丢失了珠宝。

突然，两个小号手吹响了银质的小号，宣布庆典开始。一队迎宾的绅士不客气地让大人物们退后，好在觐见室里开辟出一条通道，一些人都被挤得踩到了另一些人的脚指头上。然后，皇家军队里两位个子最高的中士一起打开了通往育婴

室的大门。

王宫的管风琴突然奏起洪亮的音乐。大法官推着摇篮车，庄严地走了出来，小侍童们抛洒着鲜花跟在他后面。摇篮车的轮子和把手是用最闪亮的黄金做的，而车体是用一整块巨大的欧泊挖空做成的！

突然，一个隐形的物体飞进了窗户，在婴儿的摇篮车边喃喃念了什么，发出一声妖精的嘲笑，然后又神不知鬼不觉地溜走了。

大法官推着婴儿的摇篮车来到高台中央，示意小号手们奏起国歌，然后弯腰去抱婴儿，要把他展示给公众。让他惊吓的是，摇篮车是空的！小王子的枕头还在这里，被单的边缘还装饰着绿松石，拨浪鼓里也装满了小珍珠——但婴儿不见了。

"孩子！那孩子！小王子！孩子呢！孩子去哪儿了？"大法官倒吸一口冷气，几乎说不出话来。接下来是一个难堪的停顿，兴奋的低语、各种推测猜想和谣言嗡嗡地响遍了观众席。不一会儿，真相传开了，喧嚣声越来越响，让整个大厅都震动起来。很快，所有人都忙着东看西看，四处寻找——他们掀起地毯的边缘，翻找窗帘后面，盯着天花板瞧，又检查各个角落。

突然，大家听到了婴儿的哭声。哭声有点微弱，还不足以完全确认是王子，但那确实是孩子的哭声没错。

"找找，找找，我的朋友们！"国王喊道，"谁找到我的孩子，我就颁赐他蓝知更鸟大十字勋章！"

婴儿的哭声又响了起来。他会在哪呢？

突然，一个聪明的年轻侍女在检查欧泊摇篮车时，发出了尖叫。她在摇篮车里摸索时，分明摸到了小婴儿，却看不到他。就像墙壁突然崩塌，令人绝望的真相暴露在每个人面前。

这孩子隐形了！

他之前是隐形的，现在依然是隐形状态。你完全想象得到，要养大这样一个隐形的孩子会有多么困难！更糟糕的是，不但小王子自己是完全隐形的，衣服碰到他也会变成隐形的。大家摸得到小王子，也能听到他的声音——但也仅止于此了。还有，如果他在育儿室的地板上爬行，进来的人就很难在空气中摸到他，只能小心翼翼地摸摸这里，摸摸那里，或等在那里，直到听见他的哭声。怪不得可怜的王后一直在寻找新的保育员，还不断地把神经受不了的保育员送回家去！没有人能随时确认这个隐形的孩子在哪里、在做什么，什么意外都有可能发生。

比如说，有一次，这孩子从王宫的育儿室溜

到广阔的草坪上去了。这下，整个国家的军队都出动了。他们分成侦察编队，整个下午都爬在地上找来找去，最后在一棵李子树下找到了睡着的小王子。

后来，当所有解除咒语的尝试都失败后，国王去往童话世界的交叉路口，拜访了一位博学的智者。智者穿着全黑的长袍坐在绿阳伞下的安乐椅上，白头发上扣着一顶黑色的天鹅绒圆便帽，胸口铺着一大把白胡子。

来提问的人们排起了长队，耐心地等待轮到自己。队伍从阳伞那开始，在高低起伏的大地上延伸了几十英里，然后消失。队伍到这里还没有断，一直延伸到了一座遥远的山顶上。这些耐心的人很有礼

貌，愿意让这位伤心难过的国王先问问题。

智者听了国王的话，摇了摇他那睿智的头颅。他说话的声音就像海浪拍打在海滩上发出的回声一样：

"你儿子身上的诅咒力量很强，只有您先祖德奇莫国王的精灵新娘交给他的万能护身符才能破解。"

"唉。"国王叹道，"二十年前，那枚护身符已经被人从王宫里偷走了。你能不能告诉我，是谁偷走了他？或者说，我要去哪里才能找到它？"

智者问："世界上是否就剩这一个护身符了？"

国王难过地点了下头："是的。"

"是金刚山的神偷大王偷了它。"智者瓮声说道。

"也许您可以告诉我，在哪儿能找到他。"国王难过地叹了口气。智者摇了摇他灰白头发的睿智头颅。

他说："你可以问我一滴雨水昨天落在了河流的哪个地方，但不要问我神偷大王的落脚之地。我不知道。没有人知道这个。但要说解除咒语，除了那个护身符，就没有办法了。我只能帮你到这儿了！"

国王向他庄重地行礼道了别，然后智者又把注意力转移到排在长队第一个的提问人身上了。那是一个矮壮的乡下人，他丢了一只羊。

现在我必须跟你说说金刚山的神偷大王的故事。

那是一个神秘莫测的人物，所有人都听说过他，但从没有人见过他。他住在一个隐秘山谷的秘密小屋里。房子的造型经过艺术设计，还巧妙地用藤蔓和树枝隐藏。连天上的小鸟都被它骗过，经常在烟囱上啼叫，它们还以为这是一棵栗子树呢！说到神偷大王，他简直是一根活的竹竿

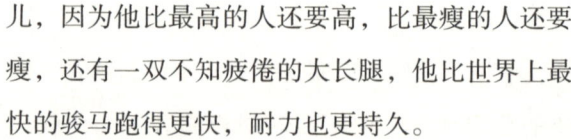

儿，因为他比最高的人还要高，比最瘦的人还要瘦，还有一双不知疲倦的大长腿，他比世界上最快的骏马跑得更快，耐力也更持久。

在晚上，他会穿着一身奇怪的涂了沥青的青黑色衣服在世上行走，这身衣服对他来说就像鳗鱼穿着自己的皮肤一样，非常修身但又活动自如。在白天，他会穿着一身奇妙非凡的衣裳，上面画着树叶、太阳的光斑和蓝色的阴影，还有黄土颜色的条纹。

这位神偷大王可不是普通的贼，他偷东西不是为了偷，而只是为了收集珍贵的藏品。他房子底下的岩洞里，建了一座非同凡响的博物馆。天底下从来没有一座博物馆及得上它。在那些会反射回声的孤寂岩洞里，一件件藏品都贴了标签，放了注解，井然有序地摆在一个个展示台上——那是这个世界上人类制作过或喜爱过的最精美的东西。

那里有世界上最舒服的椅子、最好用的手杖、最好穿的靴子，也有最漂亮的灯罩、最响的鼓、最暖和的毯子、最柔软的枕头、最华美的茶叶罐。给这些藏品移动位置、调整标签，对它们做点什么，或者光是和它们待在一起，就是神偷大王的至高乐趣。他会坐在世界上最舒服的椅子上，两手的指尖对顶在一起，花上几小时心满意足地欣赏自己的宝藏，而且他还在不停思考自己是否还缺什么东西来完善收藏。有一天，他碰巧听说了那个隐形婴儿的欧泊摇篮车，就决心在自己的收藏里再添上一件好东西。

他一路潜行来到王城，进了国王的花园。那是一个美好的夏日，摇篮车就停在灌木花丛的阴影里，神偷大王就把它偷走了。七八分钟后，他就已经在回山里、回博物馆的路上了。

他保持一条直线飞掠而过，手里推着摇篮车，跟疯了一样。他一会儿在满是犁沟的田野

上跳跃，一会儿在麦浪起伏的绿色海洋里飞速前进，像一只珠宝装饰的船，一会儿在高地荒原傻呆呆的羊群中没有规律地飞窜。

没过多久，王城里的钟都发出了最疯狂的鸣响。街上出现了步兵，骑兵中队小跑着跟在后面，但一切都来不及了——那辆欧泊摇篮车已经一路飞奔，快得就像一颗流星划过大地，在夕阳下闪着美丽的光。人们最后一次看到它，是在一座高山的陡坡上。它光芒闪耀、飞速前进，快得拉出了一条光带，就像是一颗来错了地方的彩虹色大流星，很快就从行人眼中消失了。

神偷大王回到山谷中的秘密天堂时，他为行动成功高兴得大喊了一声，然后飞快地推着摇篮车到地下的博物馆去。这可是世界上最豪华最漂亮的摇篮车了！神偷大王一把将那张世界上最舒服的椅子拉过来，一屁股坐了进去，然后开始好好打量最新的战利品。

突然，一个奇怪的声音让他坐直了身体。有人哇地叫了半声，然后咯咯地笑了起来。是有人发现了他的秘密宝库吗？这意味着什么？那人又叫了一声，然后发出了抗议的长号。

神偷大王误打误撞地把摇篮车连同隐形的婴儿一起偷来了！

他意识到了一个严重的问题：他不得不照顾这个婴儿了，不管这是个怎样的婴儿。他看不见婴儿，这可真是个考验！不过，神偷大王一拍膝盖，咯咯笑了起来——他想到了那个护身符！大盗贼提着世界上最亮的灯笼，来到一个小小的边洞里，这里是他放护身符的地方。

可他的心狂跳起来。护身符已经不见了！

神偷大王茫然又困惑，赶紧焦急地在小岩洞里找了起来，但这里一点蛛丝马迹都没留下。他发誓，一定要找到护身符、验证了它的力量，才会把小王子还回去。最后，他还是停止了搜寻，抱着小王子走过这些岩洞，回到了自己家里。

几天过去了，几个月过去了，几年都过去了，可护身符还是没有出现。小王子从一个隐形的婴儿长成了一个隐形的小男孩。他在神偷大王的房子内外玩耍，快乐地笑啊，说话啊，他的声音、他的存在都让人觉得温馨舒畅，就像夏天拂过山中湖泊的一阵清风。神偷大王和小王子一起在这生活了很多年，就像一对亲密的父子。

就在神偷大王偷了摇篮车后的第十五年，有一天吃早饭，神偷大王突然悲叹一声，把头埋进了双手。

"怎么了，亲爱的父亲？"男孩儿体贴地问道。

"是良心。"神偷大王用空洞的声音说道，"是良心把我变成了胆小鬼。我曾经是个坏人，我为我偷东西的行为感到羞愧。过来，亲爱的儿子，让我们把博物馆里的东西一件件还回去。我们今天就开始吧。"

这让隐形的小王子非常高兴，因为他是个彻头彻尾的正直少年。我很高兴提一句，在神偷大王令人尊敬的归还大计里，小王子的贡献最大。从那天开始，各个国家的人们陆续发现，早上一醒来，以前被偷的东西就在原地等着他们。世界上最舒服的椅子又成了宇宙图书馆的骄傲。世界上最响的鼓回到了军乐队首席手里。某人富有的姨妈早上起来，发现最华美的茶叶罐就扣在她的茶壶上。可叹的是，人类总是反复无常！有些人已经习惯了东西不在身边的日子，不希望东西再回来了。那个世界上最漂亮的灯罩刚还回去，第二天就被交给了几个吉卜赛人！

到了第五年，欧泊摇篮车和隐形的王子是仅剩的两件没还回去的东西了。隐形的年轻人已经二十岁了。神偷大王很是伤怀，因为这小伙子对他来说就跟亲儿子一样亲。满心悔恨的神偷大王开始着手准备把王子和摇篮车还给那对伤心难过的父母。

　　那个时刻终于到来了。在那个离别的清晨，神偷大王最后一次踏着那孤寂冷清、落满灰尘的走廊，下到巨大的博物馆，在展览室里转悠，在灰尘上留下脚印，沉思回味它过去的辉煌。这边曾经有雨国女王的巨伞，那边曾经是一只喂饱了的橙色斑条猫，很多人会走上几英里的路去绿塔的会客室看它。神偷大王的眼睛里出现了一滴泪。他偷了它们，他后悔了，他又把它们还回去了，现在，他解脱了。

　　突然，他的视线越过空空的陈列架，落在一个黑暗的角落里。那里有个铜质的小东西。神偷大王高兴得大叫一声。他认出来了，那是护身符！它掉到了架子后面，在那个角落藏了几乎二十年！神偷大王一把将它塞进口袋深处，跳上楼梯，呼唤隐形的青年。

　　"我找到了！"他喊着，"我找到护身符

了！我们现在就解除咒语吗？"

"最好先等等。"隐形的青年说，"如果我们现在就用它，我的亲生父亲怎能确信我就是我呢？"

"说得对，这是常识，"神偷大王说，"那我们就到了王宫再用。"

在这个周末过完之前，神偷大王和隐形的青年一起推着欧泊摇篮车，走上两边栽满菩提树的大街，来到了王宫里。侍卫把神偷大王带到了国王面前。他忏悔了自己的过错，恳求国王的原谅和宽恕。

"可你到底对我儿子做了些什么？"国王着急地问，"你不把王子殿下还回来，我怎么原谅你、宽恕你？说啊！"

神偷大王没有说话，只是把手伸到口袋里去掏护身符。糟了，护身符又不见了。

"想想看，他把摇篮车还回来了，没还王

子！"王后怒气冲冲地说，"亲爱的，如果我是你，我就叫人把他绞死。不夸张地说，他可是坏蛋界的名人。"

这时，门上响起了轻轻的敲门声。绞刑吏问，国王和王后上午是否需要他。

"现在不用，但先别走。"国王说，"我再问一遍，先生，王子呢？"

突然之间，世界上最美的音乐响了起来，凭空出现了一束光，然后慢慢淡去，出现了一个非常英俊的年轻人。他对国王和王后深深鞠了一躬，说："亲爱的父亲、母亲，我在这里。我希望你们能宽恕神偷大王，他这些年来对我很好。"

你们可以想象得出来，国王和王后是有多么高兴多么激动啊，我的笔都难以描述。可神偷大王仍然困惑不解。

他问王子："你是怎么找到护身符的？"

王子大笑起来。"是这样的，养父。"他说，"你还东西的速度也太快了。这些年你一直在还东西，恐怕习惯成自然，我们还没机会用它呢，你就已经顺手把它还回去了。"

"护身符？原来是这么回事啊！"王后说，"之前我就奇怪了，它怎么又出现在我的针线篮里了，难道它就一直在那里放了这么多年？原来是你还回来了。"

用午膳的铃声响了起来。他们所有人都一起吃饭，其乐融融。后来，我听说他们都生活得非常幸福。

如果找到隐形的婴儿，国王会奖励什么？

两个磨坊主

The Two Millers

　　从前，在森林和大海之间的湿地上，有一个可爱的村庄，那里有两个磨坊主和两座磨坊。如果你坐船过去，首先会看到一座风磨坊。有一段海岬从广阔的盐碱地延伸入午夜大浪中，风磨坊就建在那上面。但如果你从陆地上过去，你会先看到一座水磨坊，因为山谷里有一条小河流向大海，水磨坊就建在河边，也在公路边。

　　风磨坊的主人个子高大，金发蓝眼，有一个叫迪肯的儿子。而水磨坊的主人是一个动作敏捷的小个子，有一头黑色卷发，他的女儿叫西塞莉。他们住得很近，两座磨坊也有很多活儿可接，没有什么竞争方面的问题，所以他们是好朋友。迪肯和西塞莉还订了婚，人人都祝福他们能成美好的一对。

　　每当夜色来临，清风吹动风磨坊的风叶时，迪肯就会走到水磨坊找西塞莉。这对已订婚的小情侣习惯这会儿沿着河边散个步。小河弯弯曲曲，又宁静又美丽，流水的声音也让人心情愉悦。迪肯和西塞莉就是在这样的一个夜晚漫步河边，听着山上远远传来的隆隆声，那声响好像打雷时的回声。山上一直都会传来这种神秘的声响，谁都不知道这声音从哪里来。久而久之，这里就产生了一个传说，说山上住着一个神秘的大人物，叫"山老农"。

"迪肯，你听，"西塞莉说，"山老农在关谷仓的门。你有没有想过，有一天，有人会在山里头找到他？"

"不过，也许那些根本就不存在，只是一个无聊的传说。"青年说。

"噢，不，不会的，迪肯。"少女严肃地反驳道，"我从小就一直住在森林边上，听着那些奇怪的声音。那确实是农场的声音。有时候像是公牛在哞哞叫，有时候像是有人用连枷在打麦子，有时像是有辆干草车吱吱嘎嘎在田野中经过。甚至还有人相信自己听到很远的地方有人在说话。而且有智慧的老人们总是说起山老农。总有一天会有人找到他，你就等着瞧吧。"

现在是初夏时节，一切都像婚礼的钟声一样欢乐美好。沉重的水车转起来就像打雷，哗啦啦的水声好像永远不会停下。风起时，风车的四个摆臂会转得呼呼响，到太阳落山、夜幕降临，又会平静下来。

唉，没有人知道，会让两个磨坊主计划泡汤、让迪肯和西塞莉美梦破灭的事情马上就要发生了！

等今年冬季来临，国王和王后的独生女儿——美丽的西莱斯蒂娅公主就要结婚了。碰巧，这位善良的王后不只是一国之母，还是一位能干的主妇，她做蛋糕的手艺是最最有名的。王后决定亲手制作婚礼蛋糕，还拿出一大笔钱，要找出全国最好的面粉。

她叫传令官通知全国的磨坊主，让他们在婚礼之前一星期把面粉送到皇宫来。

传令官穿着蓝白两色的制服，吹着银号角，慢跑着去传信，先进了水磨坊主的门。

"我想拿下这个奖。"水磨坊主在门口沉思着，在心里对自己说，"毕竟我的面粉要比风磨坊的面粉好。这笔奖金应该归我。"

本来在仲夏的时候，这个国家的磨坊主都会去各个农场，看看麦子长势如何，为麦子的产量讨价还价。可这时候水磨坊主突然听说了悬赏的事，他贪求这笔奖金，就决定把所有还长在地里的麦子都买下来，这样一来风磨坊主就没有麦子可以磨粉了！于是他就这么做了，完全忘了这么做是不顾邻居情谊，也不公平。

一两天后，风磨坊主骑上胖胖的白马，去买麦子。唉呀，这下他发现，麦子没有了。住在河边的水磨坊主已经订购了路上能看到的每一片麦子，连一粒都没给他剩！

有一点我得跟你说清楚，多年的好朋友这么欺负人，一开始，风磨坊主是伤心多于愤怒。可后来他越想这件事，就越生气。他怒气冲冲地闯到风磨坊外面，大吼一声让迪肯出来。年轻人一来到他面前，他就说，你对西塞莉就死了这条心吧，她有这样一个父亲，跟她分手是你的幸运！

水磨坊主也不甘落后，一听到风磨坊主的气话，他也气炸了，立刻发话，不许西塞莉再去见迪肯。

这对少男少女都非常伤心。尽管两位父亲产生了矛盾，但他俩依然深爱着对方。很快迪肯就忍不下去了。一天晚上，他悄悄跑到水磨坊找西塞莉说话。

当他回来的时候，风车静悄悄的，在月光下几乎是白色。磨坊小屋里还亮着一盏灯。迪肯一推开门，就看到父亲戴着一顶花边睡帽，穿着一

条长长的白色睡袍，已经坐在扶手椅上睡着了。

"迪肯，"听到开门声，风磨坊主立刻醒了过来，"你上哪去了？"

"我去水磨坊看西塞莉了。"这个率直的年轻人天生诚实，就实话告诉了父亲。

"迪肯，"父亲说，"我不是说了，你要是再去水磨坊，就从这个家里滚蛋？滚！滚出去！"这位发怒的风磨坊主伸出一根手指，直直地指向外面的黑夜。

"可是，父亲……"迪肯悲伤地抗议。

"在我这里没有'可是'，"风磨坊主大发雷霆，"滚，小子，这个房子再也不是你的了。"

"可是，父亲，你要让我去哪？"不知所措的迪肯问道。

"小子，那就是你的事了。"气头上的磨坊主说道，"你爱去哪去哪。去找那个山老农吧！"

扔下最后这句话，暴怒的风磨坊主把儿子推出小屋，插上了长长的、吱嘎响的门闩。过了一会儿，屋里唯一的灯也熄灭了，小屋陷入了一片黑暗。

　　迪肯在黑暗中跌跌撞撞地摸索前进，想找个附近的农场过夜。他沿着一条乡间小路离开了大海和湿地，又沿着一条弯弯曲曲的路，穿过一个树木繁茂的大沼泽，然后走上了一条柔软的小路，上面覆盖着苔藓和去年的落叶。

　　一颗星星从闪烁的天幕上落了下来；一只捕猎的猫头鹰在一棵树上鸣叫。远处甚至还传来了午夜吉祥的钟声。

　　突然间，迪肯回过神来，发现自己已经沿着奇怪的路线走了很久，迷失在大山深处了。这确

实是一条奇怪的路线。在黑暗中，道路两旁的树木和黑莓刺丛好像都长到了一起，压得紧紧的，形成了厚厚的高墙，把他关在里面。

年轻人心里发毛，转身想往回走，却看到身后也冒出了那神秘的树墙！

几个小时过去了。高挂在天空西边的星星都已经从树顶上消失，天幕泛出淡淡的银光，很快天光大亮。树林里传来了吱吱唧唧的叫声，还有小动物穿过树丛和鸟儿在树叶间扇动翅膀的声音。太阳升起的时候，迪肯到达了山老农的农场。

我得告诉你一声——现在这位山老农是所有精灵们的农产品供应商。山顶上的山精，银河里的精灵，还有这个世界各个精灵王国的人们，大家吃的苹果、奶油块、樱桃、李子，还有盖了个

王冠印记的小块黄油，全都来自这个山间农场。

精灵农场就在一个绿色山谷里，四周神奇地围绕着荆棘树墙。只有在深夜十二点，才能通过这道墙，迪肯碰巧在十二点的钟敲到第六下时走了进来。

很快，迪肯就发现山老农和他的妻子山夫人出来欢迎他了。山老农年纪很大，脸色红润、头发银白，穿着式样很老但很舒服的罩衫。他的夫人也很老了，穿着款式过时的短袖绿袍子和做家务穿的白色围裙，戴着一顶有缎带和流苏的帽子。

我真希望有时间告诉你，精灵农场漫长的夏天是怎样度过的。农场要酿葡萄酒、烘烤面包、搅拌牛奶制造黄油。绿精灵用还没人胳膊长的银镰刀收割干草。这里还有一个非常年轻的巨人，他有着非常讨人喜欢的笑容，高得像一棵树，会过来把干草搬进谷仓里。果园里的地精们把美味的苹果摘下来，放进金银丝编织的篮子里。被施

了魔法的熊戴着眼镜，负责摇动奶油搅拌器。

现在树叶还是绿的，但它们已经变得干燥，开始在树上沙沙作响，想要落叶归根。而迪肯也开始想家。

"你一直是个勤勤恳恳工作的小伙子。"山老农说，"你应该得到一份报酬。给你什么好呢？"

"我不想要报酬。"迪肯说，"因为我无处可去的时候，是您收留了我。"

"一个勇敢的回答。"山老农微笑着说，"但孩子，你已经挣到了自己的工资。我会给你一个愿望。不要着急用掉。要牢牢守住！"

于是迪肯离开农场，在午夜时分通过了魔法结界，然后他发现自己又来到了那条眼熟的林间小路上。

整整一个秋天，雨水都少得可怜，水磨坊主已经着急上火，发了四十次脾气了。

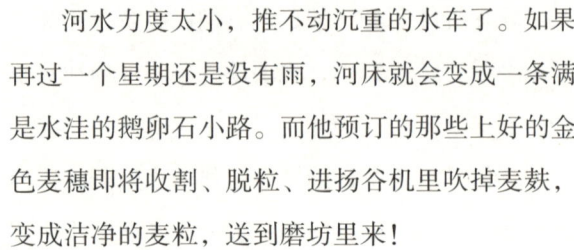

磨坊边的小河就要干涸了！

河水力度太小，推不动沉重的水车了。如果再过一个星期还是没有雨，河床就会变成一条满是水洼的鹅卵石小路。而他预订的那些上好的金色麦穗即将收割、脱粒、进扬谷机里吹掉麦麸，变成洁净的麦粒，送到磨坊里来！

水磨坊主每天都要出门进门一百次，一会儿去瞪着那条逐渐变干的小河，一会儿去扫视天空，一心盼着下雨。可那些变干的树叶照样沙沙作响，声音听起来还更干燥了，阳光也变得更加明亮刺眼。

王后要的面粉该怎么办呢？时间一周一周地过去，婚礼那天就要到了。

剩下的几周时间，水磨坊主焦躁得像热锅上的蚂蚁。老天爷真是不帮他——连一滴雨水都没有落到草地上或山上，小河干涸了。要指望那仅剩的涓涓细流去推动水车，还不如用水罐打水浇在水车上呢。

　　水磨坊主完全绝望了，只好骑马去了风磨坊，低声下气地希望和风磨坊主重归于好，求他帮忙。他想请风磨坊主来磨面粉，把奖金分给他一半。

　　但风磨坊主可没有忘记上次的事情，他愿意接这单生意，但不想再跟水磨坊主做什么朋友。

　　"给你磨面粉？"风磨坊主两手叉腰，分开腿站着，没好气地说，"好吧，先生。不过，先生，我只有一个条件，那就是，你要让我挑选我的那一半面粉。"

　　"还有，听好了，还有一件事。先生，你今晚就要把麦子全都送到风磨坊来。"

　　水磨坊主不断地咕哝着后悔的话，用他漂亮的红色双轮马车装上一袋袋麦子，送进了风磨坊的大门。这是一个温暖的夜晚。水磨坊主把麦子都卸下来，用红底印花大手帕擦着汗湿的额头，长长地叹气。

自己之前想独吞奖金的做法是多么愚蠢啊！

水磨坊主一驱车离开，胜利的风磨坊主就拿起一盏大大的铁皮灯笼，下楼去看那些麦子。有一两刻钟，他站在那里一动不动，一直在为这意想不到的胜利咯咯偷笑。然后，他搜集了家里所有他能找到的灯笼和蜡烛，全都摆在房间各个角落，然后拿来筛子，一刻不停地工作，把归自己的那一半好的麦子都筛了出来。剩下的那一半麦子也过得去，但麦麸和尘土都归到了那里面，他已经比对手领先了一筹。

天光破晓，活儿也干完了。有些蜡烛已经烧完了。灯笼也都蒙上了一层麦麸和尘土，光都变暗了。风磨坊主疲倦地把眼睛里的灰尘揉出来，拖着沉重的脚步，沿着螺旋形的楼梯上去，跌到床上睡着了。他准备待会儿一醒来就把麦子磨成面粉。

就在这个寂静的秋天的黎明，年轻的迪肯走出了魔法森林。

风磨坊主一醒来，就是一个激灵，因为他发现自己起晚了，太阳已经老高了。天气是多么温暖啊，空气中都弥漫着湿乎乎的雾气。上帝啊，外面连一丝风都没有！

一艘帆船在波平如镜的海上停了下来。因为热量积聚，草地上笼罩了一层淡蓝色的雾霾。长满大树的山上，无数镶着银白色边缘的淡蓝色云团悬在空中，停滞不动。空气仿佛凝固了，甚至不能吹动蛛丝吊着的一片枯叶。

风磨坊主心烦意乱，不断跑进跑出。他站在阳台上，瞪着天空，瞪着灰绿色的大海，还有那在海里动不了的帆船。他举起一根潮湿的手指，指向天空。

噢，起风吧！风磨坊主都急得快发疯了。

到了正午，风磨坊里的船形钟刚敲到第八下，水磨坊主就赶着红色马车急急忙忙来了。他一眼就看到了那分成两半的麦粒，就明白这是风磨坊主的反击。他怒气冲天地跑到了楼上的房间里。

"我把麦子拿到你那里磨粉，"他对风磨坊主吼道，"可你没有磨。我要把麦子都拿回去，你听见了吧？"

"等等。之前是你跟我做了这笔交易。"风磨坊主说。

"我告诉你，交易已经结束了。"水磨坊主激动地喊道。

"不，我告诉你，交易就是交易。"风磨坊主喊道，"你敢动一下这些麦子试试？"

我敢肯定，要不是迪肯和西塞莉冲进来，隔开了他们，这对老朋友、老伙计就要打起来了。

"好先生们，"忠诚的迪肯说，"拜托你们站开些，别再对彼此做什么错事了。河水干了，也不起风了，这些麦子该怎么办，拿什么去磨？"

"亲爱的父亲，"漂亮的西塞莉说，"您愿意把您那份比较好的麦子都交给我处理吗？"

"非常乐意，我都交给你。"水磨坊主说。

"您愿意把您那份交给我处理吗，父亲？"迪肯问道。

"是的，非常乐意。"风磨坊主说。

迪肯和西塞莉谢过他们各自的父亲。然后迪肯说："好了！现在，请你们见证一个伟大的奇迹吧。"

"噢，山老农，您给了我一个愿望作为报酬。现在请帮我实现吧！我希望有一场能吹动风车的大风，一直刮到今天太阳落山！"

山外起风了。先是远处陆地上腾起了黄蒙蒙的尘雾，然后远处山上的树木弯下了树枝，拍打着叶子，片刻之后，一阵风速均匀的清风吹到了草地上，又越过沙丘，在海中激起了大浪，被白色的浪花挡了回来。迪肯立马跑去调整风车的方

向，让风对着风叶吹。他听到了风叶转回来的吱呀声。很快，巨大的风叶就在这场神奇的大风里快乐地旋转起来。

调整好巨大的石磨后，迪肯顺着橡木滑道，把第一袋麦子倒进了开始轰隆隆转动磨粉的石磨里。麦粒来到上下两扇磨盘中间，很快就被磨成了新鲜的面粉。经过三个磨坊工人细细的摇晃、颠簸、筛选、除尘，面粉终于变得细腻雪白，值得女王把它拿在手里，做成西莱斯蒂娅公主的婚礼蛋糕。这种面粉是如此出色，立刻赢得了女王提供的丰厚奖金，迪肯也被封为皇家御用磨粉工。

很高兴说一句，两位磨坊主被孩子们的快乐所触动，同意把过去的争吵都给忘了。他们握手言和，又成了好朋友。

就在西莱斯蒂娅公主婚礼的第二天，迪肯和西塞莉也举行了婚礼。小公主派人送来了从她婚礼蛋糕上切下来的厚厚的两大块蛋糕。这蛋糕白得像雪一样，上面撒着糖霜，每块蛋糕上都有糖渍樱桃、糖渍白芷屑[1]和香橼碎末。

迪肯和西塞莉快乐地享用了这两块蛋糕。后来，他们一直幸福快乐地生活在一起。

1　白芷的茎经过糖渍，切成碎末，常用于制作蛋糕等甜点。

精灵农场在漫长的夏天会制作什么？

金刚门

The Adamant Door

在一个春天的早晨，天气晴朗，有个乡村少年拿了屋子角落里的鱼竿，准备去路边的小溪里碰碰运气。他的名字叫休。休站在青草茸茸的河岸上，把钓钩抛进广阔的水面，就在这时，他听到了很多男人大声合唱的歌声。很快，他看到有一个团的士兵行军经过这里。他们都穿着红白相间的军服。有一个军官穿着红白相间、镶着金边的军服，骑马在前面带队。

他们停了下来，在小溪边解散了队形。年轻的士兵们又喊又叫，急吼吼地冲到水边，解开鲜亮外套的领子，从阳光晒黑的脸上洗掉尘土。中士们则聚在一起聊天。带队军官的马大口大口地喝水，还东张西望，口鼻中喷出飞沫。男人们互相帮助，把战友背上的背包卸下来。

休专注地看着这些快乐的年轻人，心想："当士兵可真棒！"他有多快跑多快地冲回了家里，急切地恳求妈妈让他参军入伍。最后妈妈终于妥协了，他就跟着这些士兵走了。

就这样，休成了王国的一个士兵，和别人一样，有了一套红白军服、一个背包和一顶闪闪发亮的皮帽，帽子上还有一颗璀璨的银星。没多久，他就明白了，士兵的生活就是躺在地上睡觉，裹在毯子里发抖，看着天上的星星周而复始地移动，听夜风呼啸而过。

后来，又有一个少年来登记参军。他叫乔斯林，和休一样的年纪。休很快就和他成了最好的朋友。乔斯林是山地人，身材纤细，一头金发。休则是平原上的人，个子又高又壮，皮肤比较黑。他们是全军年纪最小的，又是挚友，经常在马路上并肩行军，分享生活中的快乐和烦恼。

一个夏天的夜晚，群星璀璨，士兵们在王城郊外的田野中露营。他们都躺下睡觉了，王宫里的大钟却突然发出警报，没完没了地响起来，打破了夜晚的宁静。天已经很晚了，营地的篝火差不

多已经熄灭。士兵们在黑暗中醒来，抓住彼此的胳膊，七嘴八舌闹哄哄的，不知道发生了什么。这时，一阵马蹄声来到近前，城里的信使到了，他带来消息说，战争即将打响，他们这个团必须马上拔营启程，赶往王国的边境。很快，新鲜的树枝被扔在余烬中，让整个军营充满了火光。军号声穿透喧闹声和钟鸣声，在夜空久久回荡。

左！右！左！右！士兵们奔赴战场。到了晚上，他们来到了古老的村庄，发现其他部队的士兵已经睡在谷仓里了。他们走过孤寂的森林，点燃枯枝加热晚餐。他们唱着歌，走过金色的麦田。很快，村庄和田野变得稀少，大地上一片寂静。这个军团的士兵们发现他们已经来到渺无人烟的大片荒野边缘。无数的军团在那里扎营，篝火在夜晚闪烁，就像散落的一千颗星星。

在几里之外北方的荒山上，燃烧着敌人的篝火。

到了双方交战的那天早上，红红的太阳升了起来，悬挂在褐色山丘和荒野洼地上方，空气凝滞，扁扁的灰色云朵一动不动，低挂在天上。嘀嘀哒嘀哒！嘀嘀哒嘀哒！军号不断吹响。步兵们一个团接着一个团向前行进，平原在他们脚下颤抖。骑兵们在步兵后方集合。军鼓敲响，红白军服的士兵们冲向荒野。战斗刚刚打响，这片荒芜的低洼地就好像变成了一个铜杯，被敲得叮当作响。

　　敌方士兵穿着黑白相间的军服，戴着闪亮的皮帽，帽子上有颗闪亮的金星。

　　年轻的士兵们冲向战场，并肩战斗。休和乔斯林也向前冲去，就像一条支流从岸边缓缓汇入湍急的河流，一开始还能顺着河岸静静流淌，但很快就被河中央湍急的流水搅到了一起，抛上抛下、动荡不停，他们也被深深地卷入了战斗的浪潮之中。他们打着仗，却像在做梦一样，不知道自己做了什么。

在猛攻荒野上一个青草离离的小山丘时，休被穿黑白军装的敌军俘虏了。但乔斯林英勇地杀出一条路来，冲到他身边救了他。很快敌军就放弃了双方拉锯的地点，红白军服的队伍准备占领这个山头。

天快要黑了。大片充满威胁意味的乌云像浪潮一般从地平线涌出，布满了东方的天空。一阵冷风抢在乌云前面，带来了雨水。突然，狂风大作，暴雨倾盆，一场可怕的暴风雨降临在荒野的战斗之上。在雷声和混乱的掩护下，黑白军服的士兵再次占领了山丘。咆哮的大风裹挟沉重的雨点吹打着士兵们的眼睛，他们很难看清眼前的情况。

在狂风暴雨的黑夜和战斗的混乱中，休和同志们被冲散了。突然，他发现自己已经脱离战场，就剩孤身一人了。夜晚一片漆黑，狂风暴雨的声音裹住了战斗的喧嚣，年轻的休不知该往哪个方向走才好。

回到战场，找到战友，和他们并肩作战到最后一刻，这是他的职责。可是，这个少年士兵已经筋疲力尽，身体也颤抖得厉害。他没有力气和勇气回到陷入重围的朋友之中，竟趁着黑夜逃离了战场！休跑了一会，就看到前方出现了一座牧羊人的茅屋。它的屋顶已经没有了，只剩下废墟。他就藏到屋里，躲避外面的战斗和风雨。

　　一整个晚上，他都躺在石头地板上，沉浸在瑟瑟发抖的睡梦之中。但黎明还是把他唤醒了。他悄悄来到窗边，看荒野上怎么样了。

　　一切都静了下来。荒野里已经没人打仗了。黑白军服的士兵们在离他较近的小丘上安了营帐。敌军的马队正在看守由几百个红白军服士兵组成的方阵。

　　突然，休听到远处传来了鼓声。他从房屋缝隙里向外看去，看到很多绝望的俘虏排队从这经过。一个穿着黑白军服的骑兵得意洋洋地骑马走在前面，休队伍里的鼓手跟着他，伤心地击着鼓。而那些在需要他时被他抛下的战友，都筋疲力尽地走在后面。乔斯林也走在他们中间。他的军帽没了，两条胳膊被绳子绑在身后。

悲哀和羞耻的黑色潮水涌上了他的心头。脱队的士兵痛哭起来，他知道他再也无法回到战斗中了。他承受不了被战友们当成逃兵的后果，不然，他现在就想跑出这间茅屋，和他们一起当俘虏。

当鼓声消失在荒野的寂静中时，休发现墙上有颗钉子，挂着一件牧羊人的工作服，还有一顶宽边帽。他脱下军服，换上了这身装扮，在夜里最黑暗的时候离开了茅屋，悄悄地穿越了这片荒野。敌军胜利了，他不敢回国，就逃到西边一个王国去了。

不久后，他来到一个村庄。这个村子在一座山的山脚下，山顶有一座被毁掉的塔楼。他就在村里帮人收割麦子。

至于乔斯林和其他战友，他们所有人都被押送到敌人的国家，投进了监狱，等待换取赎金。

一天中午，休和其他干活的人在绿树荫里休息，问起山上那座毁坏的城堡。

"那座城堡，"一个割麦子的大个子用"这件事情很重要"的语气说道，"是一位骑士在几个世纪以前修建的，全国的人都知道他是个魔法师。据说里面隐藏着一个宝藏，但没人敢进去寻找，因为那些去了的人——"

"再也没有回来！"另一个割麦子的人喊道。他是个瘦高个，细细的腿，两只大耳朵红通通的。

"以前曾经有个勇敢的冒险家进去找宝藏。"一个鼻子尖尖的男人说道。他一绺绺头发留得很长，好久没修剪了。"我们看着他爬上那座山，看着他进了城堡，然后，突然，我们听到了——"

"一声惨叫！"大个子和红耳朵齐声说道。

"之后他再也没有回来。"另一个人摇头说道。

"天哪。"休叫道，"那么你们觉得是什么东西在守卫宝藏呢？"

"这个嘛，既然你问了，我就告诉你，"大个子说，"是一头三脚龙。"

"三脚龙？"休疑惑道，"先生，请问什么是三脚龙？"

"三脚龙就是一种只有三条腿的怪物。"大个子道，"它的身体是三角形的，扁扁的，一条腿在前面，就在它的长脖子下面，两条腿在后面。它粗短的腿就跟象腿一样，身体就像乌龟，长着双排牙齿，脾气坏极了。这是我从一本书里看到的。"

"别提你的书了，"红耳朵说，"先生，三脚龙根本不像你说的那样。它应该是两条腿在前面，一条腿在后面。脖子总应该安在肩膀上，不是吗？你看，年轻人，三脚龙就靠一条后腿蹬地，速度快得吓人。这我可知道！"

"你是怎么知道的？"大个子有些不高兴。

"这是我曾祖母第七个儿子的第七个儿子告诉我的！"红耳朵得意洋洋地大声说道。

"去你的第七个儿子的曾祖母！"大个子喊道，"我的书可是大字本，有最棒的插图！"

"呸！"红耳朵说。

"呸你，呸你那第七个儿子的曾祖母——"

"朋友们！朋友们！"尖鼻子插话道，"干吗要为这荒唐的三脚龙吵？你们都错了。这座城堡闹鬼！里面有一个非常危险、可怕的巨人鬼！全天下都知道那里面闹鬼。"

"谁说的？"大个子问。

"他们说的。"尖鼻子回答。

"去你的他们、他们都说，"大个子连语法

都忘了，生气地喊道，"那就是三脚龙！"

"那是巨人鬼！"尖鼻子也叫了起来。

很快这里就开始了人人参与的吼叫比赛，有的人赞同大个子，有的人赞同红耳朵，有的人赞同尖鼻子。还有一些人既不相信有三脚龙，也不相信有巨人鬼，对持这两种看法的人非常轻蔑，但突然他们自己争吵起来，争的是城堡里到底是一只无影怪、长翅膀的幻形妖、灵敏的长须吼还是可怕的恶魔。他们吵得如此激烈，以至于没过多久红耳朵和尖鼻子就打了起来，其他割麦子的伙伴费了好大劲才把他们分开。

"一个宝藏！"休心里暗暗地想，"啊，要是我能找到宝藏，就能把乔斯林和战友们都赎回来了。"然后，他又忐忑不安地想起了三脚龙、巨人鬼、长翅膀的幻形妖、咆哮的长须吼和恶魔。

要是遇到这些人类都不敢看的生物该多可怕呀！但是乔斯林和战友们都成了敌人的阶下囚，

处境又该是多么凄惨！他们在荒野奋战时，他却没能和他们并肩作战，让他们失望了。有了城堡里的宝藏，他就能把他们救出来——这次他还会让他们失望吗？

一瞬间，这个没了队伍的年轻士兵勇敢地挺直了肩背，抬起双眼望向天空。他决定明天一早就去寻找宝藏。

第二天阳光灿烂，一滴凉凉的露水还在树叶上闪光，村民们就聚集到公用的水井旁，一起为休送行。他们心里又是怀疑，又是难过，和休握了手以后，就看着他沿着弯弯曲曲的小路走上了山，身影消失在树林之中。没过多久，大家就看到快到山顶的山道上渐次点起了蓝色的信号烟。他们又焦急地等了一会儿，突然城堡废墟里传来了一声狂野的长号。

"天哪，三脚龙抓到他了。"大个子说。

"你说的是巨人鬼。"尖鼻子纠正他说。

很高兴告诉你，他们俩都错了。城堡里的情形是这样的——

　　休提着一盏村里拿来的旧灯笼上山，爬到半山腰时，从梣木上砍了根合适的树枝，给自己配备了一根结实好用的棒子。然后，他来到废墟的大门前，从门口的荆棘丛里挤了过去，走到没了屋顶的墙里头。里面已经长了好几棵树，虽然树叶子还是绿绿的，但时不时就有一片树叶静悄悄地飘落在地上。在长满树木的庭院中心，有一道宽阔的阶梯通往底下的黑暗，上面长满了苔藓和根系很浅的灌木丛。

休紧紧地抓着手里的木棍，沿着木头阶梯走了下去。阳光在他背后消失，前方绿色的苔藓不再生长，泥泞的石头缝里长着一丛丛质地像皮革一样的毒蘑菇。突然，他发现自己正面对着一扇巨大的、有尖拱的门。一扇用最黑的金刚石做成的门。拱门上用古老的字体刻着一个传说：

——要得到宝藏，必须战胜里面的一个强敌。

门后有什么东西一直在吼叫。"它肯定就是那头三脚龙了。"休的心脏砰砰地撞击在他的肋骨上。他鼓起了全部勇气，推开了这扇金刚门。

他一把门推开，里面的嘶吼一下拔高调子，变成了尖叫。原先用魔法封锁在山洞里的一股狂风呼啸着冲出金刚门，顺着楼梯通道吹到了太阳底下。平时正是关在这里的这股狂风发出嘶吼，让山下村庄里的人个个摇头，不敢前来。

休勇敢地走进黑暗中，把闪烁的灯高高举在头顶，准备去面对里面的强敌。穿过宽广的大厅时，他听到了古怪的声音，像是三脚龙在步步逼近。但很快他就发现，那只是自己在黑地里走路的回音。走过长长的隧道时，他又听到了呼吸声和轻轻的说话声，就像是巨人鬼的叹息。但他很快又发现，那不过是小溪流水从某处高墙上淌下激起的回声。休不断向前走去，一时把两颗闪光的石头看成幻形妖的眼睛，一时又把一块有点圆的怪石头看成无影怪的身躯。当他发现自己搞错时，忍不住轻轻地笑出声来。

过了一会儿，他甚至不会再时时回头，看身后是否跟着一头长须吼或恶魔了。

很快，休就听到了奇怪的丁零当啷的声音。这声音不断地响着，就像是一条小溪在涓涓流淌。片刻之后，休打开第二扇尖拱门，走进了一个明亮的房间。他站住了，直愣愣地看着眼前的金币喷泉。

这个房间又高，又宽敞。屋顶和墙壁都是用最黑的金刚石砌成的，里面还掺着黄澄澄的金粉，星星点点地闪着亮光。天花板上悬着一盏永不熄灭的金刚石魔法灯，散发着金色的光芒。对面墙的高处有个金星形状的缺口，不断向下倾泻着丁零当啷的金币瀑布，就像一个大喷泉。金币雨下方是一个半圆形的盆，几根雕着奇怪花纹的柱子支撑着盆底。这个盆承接着金色的洪流，丁零当啷的金币在满当当的盆里起伏颠簸，像池塘里的水一样冲刷着边缘。盆的边缘雕刻着正在光荣劳动的人——一个农民在播撒种子，一个农民在捡拾麦穗，一个铁匠在火炉边打铁，一个工匠正在用一块无瑕的石头雕刻漂亮的雕像。

休驻足查看这些金币，发现它们都是古时候的金币，上面都是一些古老的、被人遗忘的国王头像。

他用金币塞满了口袋和帽子，然后又发现了第三扇金刚门。推门出去，他一下子被山上的阳光照得睁不开眼来。太奇怪了，他之后根本没有看到背后的石头墙上有这扇门！

但里面的强敌会是什么呢？他没有看到三脚龙、巨人鬼、长翅膀的幻形妖、长须吼、无影怪或恶魔。但是铭文说了，他必须战胜一个强敌。突然，休举起双手，狂喜地大叫一声。他已经明白了奥秘所在。

原来这是老骑士开的一个智慧的玩笑。要战胜的敌人是恐惧，"里面的强敌"指的是流窜、隐藏在一个人心里的强烈而愚蠢的恐惧。一直以来，宝藏都是靠人们内心的恐惧在守卫自己。能够把恐惧赶出内心的勇敢者，才配得上拥有它。

至于三脚龙、巨人鬼、长翅膀的幻形妖、长须吼、无影怪和可怕的恶魔，都是不存在的。因为它们不是真的生物，而是愚蠢、轻率的想象和恐惧。

休在每个口袋里装满金子，翻山越岭，来到了敌人的国家，赎出了他的好朋友乔斯林和其他曾经和他一起奔赴荒野作战的战友。

不久之后，一个公正、强大的皇帝征服了两个王国，平息了战乱，带来了和平。穿红白军服和黑白军服的人都回到了家乡，回到了田园，和他们的亲人朋友围着火炉享受温暖。

休和乔斯林分享了这个宝藏，买下了两个紧挨在一起的农场，过上了和平幸福的生活。

休打开第二扇尖拱门时，发现了什么？

冬眠之城

The City of the Winter Sleep

从前，有一条宽阔的大河穿过美丽的绿色草原，流向大海。有一个城邦横跨河流两岸，这里的人们觉得他们自己是世界上最聪明的人。他们过冬的方式和别人不同。别人冒着寒冷起来吃早餐，在冒烟的火堆旁缩成一团，耳朵和鼻子都冻得厉害。这些聪明的人却回到家里，关上门，拉上窗帘，靠睡觉来度过冬天。整个冬天，呼啸的北风吹过屋顶，吹过山墙，不会把任何一个人从梦中惊醒。下雪了，雪地上从来不会留下一个脚印。根据神话传说，这种长时间睡觉的秘诀，是一头熊传授给这里的国王的。

　　等到树叶子长到老鼠的耳朵那么大，第一批鸟儿也回来了，这个冬眠的城邦就会醒来。人们揉揉眼睛，伸展胳膊，打着哈欠去开窗，让阳光和春天进来。这个城邦的传统，是第一个醒来的人要去一个巨大的塔楼里，敲响召告春天来临的银铸排钟，让还在睡觉的其他人睁开眼睛，重新开始过生活。

这个城邦的国王有三个孩子，两个大的是双胞胎儿子，最小的是女儿。就像通常的情况那样，两个儿子举止端庄，是皇家典范，而他们的妹妹，身材纤细、黑头发、棕色眼睛的公主西尔丽特，脑子里永远装满了奇思妙想，活泼好动得像一只小鸟。

在一个宁静的秋日，西尔丽特没什么事做，就想去皇家图书馆看看。放满书籍的大厅里非常安静，西尔丽特蜷缩在一张红色皮革做的安乐椅上，觉得昏昏欲睡，眼睛都要睁不开了。不一会，她的目光落在了一个大大的绿色标题上——《冬日时光》。西尔丽特把书从书架上拿下来，放在膝盖上摊开。

让她有些失望的是，这本旧书里印的是外文，但插图——能让人都精神焕发，头脑清醒！里面有积雪的山顶风光，有人们在结冰的湖上滑

冰的场面，有人们打雪仗时的样子，有美丽乡村里的暴风雪，还有沾着白雪的钟楼在月下闪闪发光的美景。现在，尽管西尔丽特从来没有见过冬天的景色，没有见过冰和雪，也很难根据画面想象出冰雪是什么样子，但她真真切切发现了一个奇妙美丽的新世界。她当场决定要想办法亲眼看看冬天的样子。她想起自己快要过生日了，就决定请父亲送她一件特别的生日礼物，那就是允许她这个冬天保持清醒。

生日宴会时，她请父亲答应。国王说："我不是完全赞成这件事的。在过去的一百年中，这种许可只给出了一次。不过，我想这回你可以试试。但我们要先问过你母亲。"

"你要准备好很多暖和的衣服，我才同意。"王后说。

"但我没有多少厚衣服。"西尔丽特说。

"那你就让人做一些吧。"母亲说，"你还

要注意，春天到来的钟声敲响时，你必须在这里。"

金色的白昼变短了，寂静、寒冷的夜晚变长了，冬眠前夜很快就到了。召唤人们入眠的金色排钟在午夜时分自动鸣响了。

西尔丽特充满爱意地向国王、王后和两个哥哥道了别，她舍不得他们，可对于即将到来的冬日探险又非常兴奋。之后，她一个人在王宫里走动，等候排钟敲响。长长的走廊都空了，只有远处还传来声音。一种属于睡眠和夜晚的黑暗已经充满了这些巨大的、有回音的厅堂。很快，第一声钟鸣就传遍了整个城邦，这是在通知大家："戴好睡帽！"停顿片刻，又响起了第二声钟鸣："所有灯熄灭！"又过了好一会儿，黑暗中想起了第三次钟鸣："所有人上床！"等这声钟鸣消散后，召唤冬眠的排钟在夜晚无边的沉寂中响起。

当这美妙、深沉的排钟声停止的时候，西尔丽特已经顺着大楼梯走到了王宫门口。她举着一支蜡烛，黑影在她周围跳跃、摇晃。一口大钟在某个地方尽忠职守地嘀答计时，但现在没有人理会它了。公主轻轻地打开王宫大门，沿着黑暗的街道快步走向城门。一切看上去都很好，城门锁着，黑色的护城河水闪烁着星光，河上的吊桥已经被拉了起来。西尔丽特在城门的一个角落里一动不动地站了一会，想听听还有没有脚步声或别

的什么声音，但只听到了夜风的叹息和护城河水涟漪泛起的声音。确认周围一片安静后，公主放下了吊桥，用父亲的钥匙打开了城门，然后勇敢地走进了黑暗和孤独的世界。

第二天早晨日出后不久，公主就来到了国境线上的一个乡镇，找了家宾馆，开始为这次冬日旅行做准备。她先买了一些暖和的衣服，一顶最最鲜艳的红色羊毛帽子，然后买下了一匹她看中的小黑马，还有马鞍和两侧的挂袋。准备好这些，她又一头冲进了冬天里，冬天的世界迎来了爱冒险的西尔丽特。

这场穿越冰雪世界的旅行真是棒极了！我真希望有时间告诉你她看到的一切，和她所做的一切；告诉你她看到第一场暴风雪时是多么高兴，以至于几乎在风雪的旋涡中迷失了方向；告诉你她第一次看到一小块冰时的样子；告诉你她看到的雪精灵们的隆冬节是什么样子；告诉你她是如何在北极熊的舞厅里跳小步舞；告诉你她是怎样骑着溜冰马阿鲁迪巴在冰河的冰丘上滑上滑下。这匹让人惊叹的马毛色洁白如雪，马鞍和缰绳都是用白边的蓝色皮革做的，它的溜冰鞋也是用最闪亮的蓝色钢铁做的。它雪白的脖子上还戴了一圈与毛色相配的银铃铛，动起来时就会响起美妙的冬日旋律。你真应该看看它在河上溜冰的样子。它一会儿用这只蹄子滑，一会用那只蹄子滑，头昂得高高的，长长的、绸缎般的马尾巴毛在风中舒展。

西尔丽特非常喜欢这匹快乐又漂亮的马，阿鲁迪巴也很依恋西尔丽特，一看到她站在冰河边，就会溜着冰向她滑去。

冬天快要结束了，日出的时间也变早了。很

快西尔丽特就知道，她必须立刻动身，在春天到来的钟声响起前赶回去。她把给家人买的礼物装在马鞍两侧的挂袋里，骑上自己的黑色好马，心满意足地沿着河边的路向家奔去。

她一路沿河奔跑。一天晚上，她到河岸边一家偏僻的小旅馆过夜。她之前看到这个旅馆的窗户亮着灯很是高兴，因为她的黑马跑丢了一个马蹄铁，开始有点一瘸一拐的了。

她一下马，就问旅馆老板能不能请个铁匠来。但老板摇了摇头。

"唉，女士，"他说，"铁匠进山看他老母亲了，要明天晚上才会回来。"

这天晚上，当西尔丽特在晚餐桌旁坐下，仔细端详着一碗汤和黑面包时，她听到后面的高背长靠椅上传来了一个粗鲁的声音。

"你在害怕什么？我不是告诉你，他们都睡着了吗？"

对此，第二个人质疑道："那我们要做的仅仅是走进王宫，拿走国王的王冠吗？你确定你知道王冠在哪里？"

"是啊，我知道。"第一个人说，"入睡之前，他会把王冠从头上取下，放在旁边一张桌子上。"

"那么，我们今晚就出发。"第二个人说。他们又窃窃私语说了一些话，但西尔丽特一个字都没有听清。

"父亲的王冠，他们要去偷我父亲的王冠。"西尔丽特说。她的心跳开始加速。当这两个男人起身离开房间时，西尔丽特看见了他们的样子。是的，他们无疑是邪恶的小偷。不管怎样，她必须赶在他们之前回到城里，叫醒睡着的人们。

过了一会，西尔丽特听到这两个人牵出自己的马，慢步小跑着走了。她连忙跑到马厩去牵自己的黑马，却发现它瘸得更厉害了。而旅馆附近也没有别的马匹。

西尔丽特握紧了双手，想知道接下来该怎么做。即将团圆的月亮宁静地在无云的天空中穿行，西尔丽特看到了冰冻的河流和月光照亮的河边公路。明月夜里，公主拔腿向王城奔去。她知道这样做没什么用，但她实在是太着急了。

当她听到河上顺风飘来的声音时，她已经跑了差不多一英里。那是溜冰鞋的声音。原来阿鲁迪巴知道春天临近，就跑出来最后再溜一次冰。另外，这匹高贵的马儿也非常喜欢月光明亮的夜晚。西尔丽特赶紧跑过路边冰冻的草皮，来到河岸上，呼唤着它的名字。马儿立刻停步，转头向她的方向溜去。

"亲爱的阿鲁迪巴，"西尔丽特说，"我遇

到了大麻烦，只有你能帮我。两个盗贼正沿着河边公路去往冬眠城，要偷我父亲的王冠。你能带我尽快回家，让我发出警报吗？"

阿鲁迪巴嘶鸣一声，甩了甩头表示同意。西尔丽特就踩着马镫上了马背。他们沿河溜冰前行，阿鲁迪巴的溜冰鞋在银色月光的夜晚发出好听的声音。一英里又一英里，月光照亮的河岸在他们两旁飞速后退，消失在黑夜里，时不时会有村庄的窗户照射出孤独的光线，但更多的窗户只是冰冷地折射着月光。可惜，到达一个草木丛生的河洲时，公主和阿鲁迪巴选择了一条错误的河道，很快就遇到了宽阔的流水。那里的冰面已经解冻，黑色的河水非常地深。

他们没有办法，只能回头走另一条河道。当公主和溜冰马到达冬眠城的时候，太阳这个大火球恰好升起。除了风信鸡随风转动发出的吱呀声，冬眠城里连一丝最轻微的声音都没有。他们沿着冰冻的河道，跑进了护城河。阿鲁迪巴载着西尔丽特来到了护城河嵌满铁钉的大门外。西尔丽特走的时候把它锁上了，但现在门开着，两匹马拴在这里。那两个贼肯定已经踏着护城河的冰面过去了，他们要把吊桥放下来，然后牵马过去。盗贼已经进城了！

西尔丽特下了马。"阿鲁迪巴，别再往前走了。"她说着，抱住了它雪白的脖颈，"谢谢你，谢谢你，祝愿你溜冰的冰面都像玻璃一样平整光滑！"

她给盗贼的两匹马解开了拴绳，赶着它们通过吊桥。这时原野上升起的太阳照进了城门。到了对面，她轻松地把吊桥收了起来，又从吊桥挂钩上解下沉重的绳索，把它仔细藏好。然后，她跑进城里，跑进父亲所在的王宫。

视线所及，一个人都看不到。西尔丽特跑进了父亲的房间。"醒醒，父亲！"她喊道。可是

在红色的法兰绒睡帽下，国王的眼睛丝毫没有睁开。王冠也不见了。西尔丽特又跑进双胞胎哥哥的房间。可不管她怎么摇他们，他们还是睡个没完。小一点的二哥还打了个几乎听不见的哈欠，可他转个头又趴在枕头上睡熟了。

"看来我只能敲响春天到来的排钟了。"西尔丽特说，"现在敲还稍微早了点，可一旦两个贼发现马不见了，吊桥也收了起来，真不知他们会干出什么事来。"

从王宫跑到钟楼只要一刻钟，钟楼的门也没锁。西尔丽特一只手抓住了一条钟绳，一只手抓住了另一条，然后用尽全力拉动它们。漂亮的银钟在她头顶敲响了。丁零！当啷！丁零！听到钟声，有几个戴着睡帽的脑袋在窗口出现了。一见有人醒来，西尔丽特立刻跑向父亲的房间。国王刚刚从床上坐起来，正在伸懒腰、打哈欠。

"父亲！"她喊道，"有贼进城了，他们偷

了你的王冠！"

"咦，还真是。"国王说，"亲爱的，去找你的哥哥们。他们知道该怎么做。"一听说这事，两个哥哥立刻起床，派宫里的卫士外出搜寻，很快就抓住了两个盗贼。他们把王冠丢进了一个皮包里，好在王冠几乎没有损坏。很高兴告诉你，这里的国王是一位仁慈的统治者，他的审判并没有太过严厉。

"你玩得开心吗？"吃早餐时，王后一边给自己的厚吐司片涂上橘子酱，一边问女儿。

"噢，母亲，一切都棒极了，冬天比你所能想象得更美。"西尔丽特回答。她的眼睛亮闪闪的，开始向他们讲述雪花、阳光下的冰凌、冬夜星辰的亮度，还有阿鲁迪巴。

"很好，很好，"王后说，"可是听起来很冷。"

宣告春天到来的排钟，现在又响了起来，在

阳光和清晨的空气中传扬开悦耳的旋律。南风开始在晴朗无云的白天吹拂。

"虽然还有一点冷，但这确实是春天了。"国王站在窗边，望着花园里的水仙花。"不过，亲爱的，为了不丢掉王冠，早一点起床是值得的。你能回家真好，西尔丽特。"

 西尔丽特在图书馆发现了什么？

艾里尔和艾琳达

Aileel and Ailinda

从前，有一群杂技演员和驯狼师要去金熊集市演出。黄昏时，他们来到村庄附近的一个峡谷，在那里安营扎寨，准备在这度过一晚。一整晚，村民们都能看到他们在烧饭的篝火周围移动，但到了早上，一切都恢复了宁静，因为这群人在天亮前就起了身，继续向海边进发。

他们走了，却在匆忙中忘记了，或丢弃了什么东西。在一棵树的树枝下面，一件旧衣服盖着两个熟睡的小小孩。一个是男孩，穿着撕破的皮衣。另一个是女孩，穿着一件破破烂烂的天鹅绒裙子，它看上去曾经是蓝色的。小男孩有一头棕色的头发、一双淡绿褐色的眼睛，看上去身体强健、勇敢无畏。小女孩则有一双忧虑的蓝眼睛，看起来温柔而害羞。

发现他们的村民给他们吃了早餐。村民问了他们很多问题，之后他的邻居又来问他们。他们俩手牵手站在农家小屋的灶台边，简单而爽快地回答了所有的问题。谁是他们的父母？不知道。他们为什么被落下了？他们也说不上来。说真的，到头来唯一能从他们那里得到的信息就是，他们不是哥哥和妹妹，还有，男孩叫艾里尔，女孩叫艾琳达。

这两个被抛弃的孩子孤苦伶仃的，就留在了村子里。艾里尔的命运是成为好心的铁匠布劳利奥的养子和小学徒，小艾琳达则落到了吝啬、贪婪的萨比斯夫妇手里，他们有个独生子，叫波特潘。

几年后，艾里尔长成了一个清秀漂亮的年轻铁匠，熟知关于钢铁和火焰的知识。他个子很高，肩膀宽宽的，非常强壮。工作时，他把铁砧敲得叮当响，脸上总是带着讨人喜欢的微笑。铁匠铺就在村里的小溪旁，那里视野宽广，人们可以远远地看到砖砌的锻铁炉里，火焰蹿得老高，温度高得成了淡紫白色，几乎要舔到棕色的椽子。艾里尔注视着铁块在锻铁炉里变成金红色，

火光照亮了他的脸庞。

　　唉，艾琳达的命运，可就和他天差地别了。可怜的少女从早工作到晚，几乎没有一刻钟时间属于她自己。尽管艾里尔经常过来帮她，替她从井里打水，又在林子里一路帮她提水。令人高兴的是，虽然日子艰难，但艾琳达还是长成了一个像艾里尔这样优秀的年轻人。她的眼睛像阳光灿烂的九月的大海，眼神里充满了真诚和勇气。要不是她心怀妒忌和恶意的养兄弟波特潘，她本来是能把日子过好的。波特潘又矮又胖，有个圆鼻子，两只眼睛总是不怀好意，没有他干不出来的坏事。

　　很快事情就到了紧急关头。

　　艾里尔最喜欢的活动就是乡村摔跤。在假期的早晨，村民们肯定会看到年轻的铁匠和他善良的养父离开铁匠铺旁的屋子，走路去参加邻里之间的游戏。这类比赛的冠军奖品是一条上好的领巾。艾里尔赢得奖品后，从来不忘把它送给金色头发的艾琳达。这一条领巾特别漂亮，艾琳达怕波特潘把它抢走，就藏在厨房的角落里。在一个假期的早晨，她去找这条领巾，它却已经不翼而飞了！

突然，她听到了很响的坏心眼的嘲笑声，转过头，发现波特潘站在门口，正看着她咯咯笑。他穿着最好的假日服装，艾琳达那条漂亮的领巾就系在他的脖子上。女孩的心沉了下去。她勇敢的眼睛充满了泪水。她冲上前去，正面对上这个强盗。

"把我的领巾还给我，波特潘！"她说，"噢，把我的领巾还给我，波特潘！"

"你的领巾？"波特潘又粗鲁地笑了一声，"哈！哈！这可是条上好的领巾！你的领巾，说笑吗？这条领巾是我发现的，那就应该归我。"

"这是我的，波特潘。"可怜的艾琳达说，

"把我的领巾给我。"

对此，波特潘只是对艾琳达做了个鬼脸。突然，开门的声音响起，原来是艾里尔听到艾琳达的叫声，快步走到了门口。

"过来，波特潘。"艾里尔严肃地说，"把我的领巾还给艾琳达。"

"我凭什么听你的，流浪汉的小崽子？"波特潘大发脾气，"滚开，不然我就把这玩意撕成碎片！"——他叫到一半就停了，因为艾里尔突然用摔跤的手法飞快地抓住他，控制得紧紧的，然后快速从他脖子上解下了那条领巾。然后，年轻的铁匠放开了他，还轻蔑地把他推到一边。可他刚松手，波特潘就抄起一件厨具，打向艾里尔的头。可厨具没有打中艾里尔，而是从侧面打中了艾琳达的肩膀。

接下来就是一场真正的打斗。波特潘虽然又矮又胖，但也是个势均力敌的对手。这场打斗虽然旗鼓相当，但还是结束得很快，因为艾里尔一直在寻找对手的破绽，然后瞅了个空子，突然将波特潘甩到头顶，然后举着他走出大门，来到养鸭子的池塘边。他一把将波特潘扔到了鸭群里！鸭子们像疯了一样嘎嘎叫着，狂乱地拍打着脚蹼挤上岸去，气哼哼地摇动尾巴上的毛！波特潘消失了一会，然后他的头又冒了出来，满脑袋盖着绿色的水草，每个方向都在滴水。他疯狂而愤怒地瞪了艾里尔一眼，这让艾里尔不禁琢磨是不是再扔他一次比较好。不过年轻的铁匠还是任由他回到厨房。他们能听到波特潘在里面一边甩湿衣服，一边重重地跺脚，嘀嘀咕咕地咒骂。

艾里尔就和艾琳达一起出去玩了。

当他们回来的时候，面临的是怎样一场风暴啊！

波特潘和他生气的父母编造了一个邪恶的谎言，在村民中散布。他们说艾里尔是个暴力凶残

的家伙，要大家把这个流浪艺人的孩子赶出村子。如今萨比斯已经非常富有，很多人都欠了他的债，所以不敢反对他。那天夜里，村长来到布劳利奥的家里，告诉艾里尔，他必须在三天内离开村子，永远都不许回来。

第二天早上，铁匠父子俩正心事重重地在锻铁炉那儿打铁，一辆华丽的马车沿路驶来，停在了铁匠铺门口。一个贵族外表的高个子男人从车上下来，先是礼貌地对布劳利奥点了下头，然后对艾里尔说："我是工匠之王。钢铁和火焰，铁砧和锤子，农民的犁，武士的剑，还有舵手的罗盘，都归我掌管。我听说你遇上了麻烦，又知道你是个又忠实又勤劳的学徒，就过来这里，想把你带到钢铁国去。在那儿，你可以成为一名锻造铁器的大师。"

艾里尔谢过工匠之王，就和亲爱的养父道了别，并托付他照顾艾琳达。他也和艾琳达道了别，叫她在他不在的时候不要害怕。最后，他朝马车的窗外挥着手，和工匠之王一道离开了。

每次马车在一家铁匠铺门口停下，工匠之王都会问那些铁匠："钢铁和火焰都还好吗？"他们就会回答："一切都好。"工匠之王就会说："好好使用他们，为了服务人类，为了生命的荣光，还有生命本身。"然后继续上路。很快马车就来到了一片大陆，那里有火焰山，还有钢铁国。

艾里尔到那里时，正是黄昏。他身后的东方天空的已经黑了下来，星星像花朵一样在天上开放，脚下广阔无边的原野幽暗模糊，弥漫着带着泥土气息的水汽。黑夜在他身后聚集，也在地上聚集，但在这扫荡天地的黑暗之外，西方的天空依然亮着大片最纯净的翠绿色光芒。一千座黑色山峰从黑暗的平原上拔地而起，陡峭而又孤独地耸入天空，探向那团绿色光芒。每座山的山顶上都燃烧着玫瑰色的火焰。那些燃烧的火山口，有的喷射出大片金色的火星雨，有的吐着五颜六色的巨大火舌，有的喷出滚滚烟雾，还有些火山口上悬挂着云朵，被下方的火焰映照成红色。

很快，天上的绿光暗淡下来，最后熄灭了。山峰的影子和黑暗融为一体。在无边的黑夜中，他们只看得到火光。

我得告诉你一声，这些火焰山就是钢铁国人的锻铁炉，在铁器铸造方面，他们每一个人都是大师。他们的王城一半建在这个平原上，一半建在最大那座火焰山的斜坡上，城里的每一件东西都流行用铁来制造。国王的王宫和宝座是铁铸的，王冠是铁打的，房子是铁皮的，货币是铁铸的，城墙和塔楼也是用铁造的。不过，在被铁墙包围的花园里，花朵都是真的，艾里尔经过的时候，很高兴看到了这些真正的花朵。

工匠之王把艾里尔留在了钢铁国。艾里尔在这里为皇家铁匠司的司长服务，这样他可以从司长那里学到关于钢铁和火焰的智慧，也成为一名打铁大师。铁匠司就在火焰山的岩洞里，是巨大的钢铁厅堂。艾里尔穿着皮围裙，在这里辛苦地工作，耳朵里灌满了没完没了的打铁声和山中火焰那嘶哑沉重的呼吸声。这位年轻铁匠长得清秀漂亮，而且手艺高超、勤劳善良，司长对他很满意，没过多久就让他住到了自己的大铁屋里。

　　一天早晨，司长对艾里尔说："你已经度过学徒期，就要成为一名打铁大师了。你必须用上自己全部的智慧和技术，造出一件方便我们生活的好东西，合格了才能过关。好好干吧，祝你好运，艾里尔。"

　　说到这里，我不得不先跟你说说波特潘和艾

琳达那边的事情。

艾里尔被村民赶走的时候，可怜的艾琳达非常害怕，但有布劳利奥照看艾琳达，波特潘对布劳利奥还是挺尊敬的，所以女孩子的生活还是跟以前一样，没受到影响。每当波特潘做了什么他自己觉得很有趣的小坏事，艾琳达都不予理会，也什么都不说。在此期间，勇敢又坚忍的艾琳达越长越漂亮，成了那里最可爱的少女。不久，长大了的波特潘也发现了她的可爱之处。他告诉艾琳达，他两周内就要娶她。

成为波特潘夫人这种事想想都让人绝望。艾琳达急得快疯了，就找到布劳利奥，把事情告诉了他。

"别害怕，艾琳达。"老铁匠说，"艾里尔会打破那个恶棍的如意算盘的。钢铁国离这不远，我马上就出发去那里。做个好姑娘，在我的旅行袋里放上面包和奶酪，我要骑我的白马去。"

老铁匠带上食物，一分钟都没有浪费，就启程上路了。唉，可是他的马步子沉重，走得又慢。白马在走下坡去一条河的时候，还绊了一跤，一下子跪倒在地，把自己和布劳利奥都弄伤了。瘸腿的马，捶腿的铁匠，就这么跌跌撞撞地往前赶路，走了很久才到钢铁国。布劳利奥终于来到钢铁国，是在一天上午比较晚的时候。他听到铁匠工场的门后传来声音，就探头往里面张望，正好看到艾里尔被铁匠大师们围在中间，身边是一个盖着布的大家伙。

"你给我们打造了什么，艾里尔？"司长问他，"你用钢铁和火焰造出了什么生活用品？"

艾里尔没有看到布劳利奥，对大家说："国王有一个巨大的钟表，还有一口宏伟的大钟。而我做了一个新的计时器，每到整点就会敲响。"说着，他双手把盖布扯下，露出了他制作的东西。

他铸造了两个敲钟的铁人，这个设计还从来

没有人见过。铁人不像人那么大，但也已经非常接近了。两个铁人都是钢铁国铁匠的形象。他们围着围裙，袖子卷到手肘上，手里还拿着个大锤子。艾里尔还向司长展示了一下，到了整点，两个敲钟人都会在国王的大钟上敲出正确的钟点，到几点就敲几下。

"这是真正的手艺。"司长叫道，"创意满分，精妙绝伦！新晋的打铁大师，欢迎你加入我们的行列。"

善良的布劳利奥也看到了这件杰作。他被深深地震撼了，和围观的人一起叫出声来，发出惊

叹和赞美。在这一刻，他几乎要把传递消息的事忘光了。"太棒了，艾里尔！"他喊道，"干得好！亲爱的儿子。"

"父亲！"听到布劳利奥的声音，艾里尔在人群后面认出了他，也叫出声来，"看到您真高兴！您是怎么过来的？艾琳达还好吗？"

"不好，她有大麻烦了。"他的养父说，"我把消息送到得太迟了。"布劳利奥告诉艾里尔，波特潘逼迫艾琳达嫁给他，艾琳达有危险。

"我们一刻都不能耽搁了。"艾里尔说，"唉，我们已经太晚行动了，我真担心整个钢铁国都没有马能送我们及时赶回村子。"

"你还从来没见过我那几匹花斑灰马呢。"司长走了过来，把手放到艾里尔的肩膀上，"你养父说话的时候，我已经把它们套到马车上了，现在它们就在这里。快，进去吧，把你打的两个铁人也带上。"

于是，马车开动了。布劳利奥和司长坐在一边。艾里尔夹在两个铁人中间，坐在另一边。现在刚过下午三点，艾里尔从马车的车窗看出去，只见城市所在的火焰山山顶上盘旋着一个由金色、橙色火焰形成的巨大旋涡。马车走啊，走啊，把火焰山远远甩在了后面，直到它变成夜空中遥远的光亮。

婚礼在早上举行。阳光灿烂，钟声敲响，音乐在街上响起。波特潘怕艾琳达逃走，还把她锁在房间里，劝她摆出笑脸来，不然就让她好好吃一顿耳光。很快村里的妇女们就过来给她穿上婚礼的服饰，打扮起来。艾琳达的心像是沉到了一个绝望的梦里，为他们根本不顾她的意愿而伤心。

每口钟都发出了最最洪亮的钟鸣。很快，波特潘就把艾琳达推上了一辆色彩鲜艳的运货牛车，一同去往婚礼现场。这辆婚车被刷成了漂亮的亮蓝色。两个大轮子的边缘和辐条都装饰了花

朵，变成了花环。座位上也用花扎成了一个拱门。拉车的是两头雪白的牛，它们摇头炫耀着涂上闪亮金色的牛角。

咣！咣！叮咚咚！村子里的钟都响了起来。两头雪白的牛摇晃着硕大的脑袋，牛轭上的金色铃铛叮当作响。它们拉着波特潘和艾琳达，慢慢沿着村里的大街走去。

忽然，人们在喧闹的钟声中听到了急促的马蹄声和马车轮子碾过的声音。过了片刻，钢铁国国王的马车带着轰响和一大串烟尘来到这里，堪堪在拥挤的大街尽头停住。一眨眼工夫，艾里尔和布劳利奥就从马车上下来了。艾里尔从欢乐的人群中挤过去，匆忙来到艾琳达身边，把波特潘从牛车上拖了下来。

他说："别害怕，艾琳达。"然后对波特潘说："恶棍，你怎么敢这么做？"他把艾琳达抱下婚车，就要牵着她向马车走去。

"拦住他们！""拦住他们！"波特潘气得发疯，大叫起来。"你们要让一个外来汉把我的新娘带走吗？邻居们，叔伯们，村民们，你们所有人——帮我拦住他们。"

面对事态变化，人群原本惊讶得没反应过来，自动分开为艾里尔和艾琳达让路，可听到这声呼喊，他们又聚集到他们身边，想把他俩拉开。另外一大帮人则跑去阻止想过来帮忙的布劳利奥，他们扭打成一团。突然，街尾传来了惊恐的叫声，人们从那个方向跑了过来，脸都吓得发白。

"快看！快看啊！"一个声音叫道，"铁人追来了！逃啊！逃啊！"

皇家铁匠司的司长庄重地走在两个铁人之间，顺着大街走去。两个铁人也迈着同样庄重的步子，不断把巨大的锤子举过头顶，又用永恒如一的节奏砸下来。村民们赶紧向各个方向逃走。有的跑回家，锁上了门。有的跑进自家果园，躲在树丛里。

突然，波特潘吓得大叫起来，拔腿就跑了。这就是你最后一次听到他的声音了！

艾里尔和艾琳达踏着空荡荡的街道，在楼顶窗户冒出来的无数脑袋的注视下，走向了司长和他的铁人伙伴们。等他们走近，布劳利奥也加入了他们，一同来到司长面前。艾琳达用最优雅的姿态向司长行了一个屈膝礼，这让他非常高兴，因为他是个传统的人。他向艾琳达露出了亲切的笑容，说："我相信你们都想回钢铁国。"

于是，艾里尔、艾琳达还有布劳利奥，都跟司长一起上了马车，然后平静地离开了这个村子。至于那两个铁人，马车里太挤坐不下，他们就把箱子放在赶车的位子上，两个铁人坐在车夫的两边。我听说后来他们都过着幸福快乐的生活，两个铁人也是精灵世界最优秀、最让人钦佩的敲钟人。

Q 波特潘抢走了艾琳达的什么？

神奇乐曲

The Wonderful Tune

从前，有个年轻的吟游乐师。他浪迹天涯，翻山越岭，为任何在乎音乐的人们演奏。人们给他一便士，他就吹奏一曲，靠这门手艺挣取面包。他年纪还小，个子也不高，眼睛和头发都是褐色的，总是穿着一件整洁、鲜艳的蓝色衣裳。

有一天，小乐师正走在路上，突然有了一个念头："有的音乐能让人快乐，有的音乐能让人跳舞，那世界上有没有一首特别动听、特别快乐的乐曲，能让所有人一听到它就会把快乐永远留在心里，再也不会感到悲伤、难过？我要走遍世界，去寻找这首神奇乐曲。"

带着这个新想法，小乐师继续上路。他对遇见的所有人说"你好"，问他们有没有听过这么神奇的音乐。很多人都觉得他疯了，回答一点儿都不礼貌。有的人把他当作开玩笑的流浪汉，把他推到一边。还有人差点把他投进监狱，说他扰乱公众思想，是个游手好闲的恶棍。但总归还有

一些人——勇敢的人，仁慈的人，善良的人，快乐的人——是他们加速了他的行程，还祝福他早日找到这样的音乐。

夏季一天天过去，很快就要结束了。面对呼啸而来的风，干裂的树叶发起抖来，从树上逃走了。雪花覆盖了孤寂的田野。小乐师依然在浪迹天涯，寻找那首神奇乐曲。

幸运的是，小乐师改道朝西边走，来到了一座城市。那里的宫廷音乐家据说知道世界上所有的乐曲。走了这么长的路，小乐师走得筋疲力尽，脸都被晒黑了，身上的衣服也很破旧。他就这样来到了王宫，把帽子脱下来抓在手里，轻轻敲响了那位大音乐家的门。

叮叮咚咚的音乐声从绿色的小门后面跳出来，回响着，颤抖着，像瀑布一样倾泻在四下无人的大理石门廊里，打破了这里的寂静。小乐师再次敲门。很快音符就停止了，宫廷音乐家打开门，郑重地鞠了一躬，邀请年轻的吟游乐师进来。

小乐师发现，里面是个非常可爱的房间，墙上漆着苹果绿色，窗户上都镶着金边，挂着印花窗帘。家具也都漆成了绿色，镶着金边。里面还有一只打瞌睡的猫和一只瓷碗。宫廷音乐家身上穿的是最时髦的淡紫色金银丝锦缎制成的高级服装。

"尊敬的大师，"小乐师谦恭地问道，"我浪迹天涯，就是想找到一首特别动听、特别快乐的乐曲，人们一听到它，就再也不会感到悲伤、难过。请问您知道这首神奇乐曲吗？"

"我知道很多神奇的曲子，"宫廷音乐家说，"你听听，是不是这首？"宫廷音乐家坐到了一架漆着明快的绿色和金色的拨弦古钢琴前面，弹奏了一支欢快的乐曲，曲子里满是最最优雅的叮咚声和动人心弦的颤音。

"不，我确定这不是那首神奇乐曲。"小乐

师的眼睛看着窗外。今天是仲冬日，但天气温暖，一些小小的云朵正在晴朗的天空中游弋。

“那么肯定是这首了。”宫廷音乐家又弹起了第二首气氛欢快的音乐。

但小乐师还是摇头。

“天哪，天哪！这首也不是吗？”宫廷音乐家皱起眉头叫了一声，又噘起嘴来。“啊，等等！有了！”他掀开了拨弦古钢琴的罩布。小乐师看到了古钢琴上还漆了一幅比较小的图画，是几个牧羊人在嬉闹玩耍。宫廷音乐家又弹奏了一支很长的曲子，它听起来和谐悦耳、庄严宏伟。

但小乐师还是摇头。

“年轻的朋友，”宫廷音乐家盖上拨弦古钢琴的盖子，带着几分父亲般的和蔼，说道，“我本来以为有三首曲子可能是那种神奇乐曲，刚才我都弹给你听了。你当真确定，你这种追求不是在浪费生命？也许世界上曾经出现过你说的这首

曲子，它只是暂时没被发现。但也有可能，这一切都只是个梦。我觉得你应该去音乐王国找找看。"

"音乐王国！"小乐师喊道，"我从来没有听说过这个王国。先生，请告诉我，我要怎么去？"

"来吧！"宫廷音乐家揽住这个年轻人的胳膊，把他带到了窗外。"你看到了吗？世界尽头有片蓝色的土地，有几座高耸入云的山峰。宽阔的河流蜿蜒向前，消失在群山之间。你就跟着这条河走吧。再见了，年轻的朋友，世界就在你面前，祝愿你能找到那首神奇乐曲！"

小乐师沿着弯弯曲曲的河流走啊走啊，走了一天又一天，直到春天来临，他才走到山前。小乐师走进了音乐的国度，第一眼就看到了树上新生的叶子。音乐之国是一个很大很美的地方，这里有绵延起伏的广阔田野、拂过大地的云影和古

老的橡树林，充满了动听的哼唱和美妙的音乐。只有歌唱得好的鸟儿才住在音乐之国。在这里，鸟儿唱得比在世界上任何地方都更加悦耳。连蟋蟀都会叫得更加好听，河水也会演奏出更多不同的音乐，甚至风从树上吹过的时候，都会发出更加欢快的沙沙声。

小乐师沉醉在美景和音乐之中，半醒半梦地向前走去，突然，天地之间充满了一种惊天动地、气势恢宏的奇怪声响，那种声音就像是有几千把小提琴在摩擦，几千个号角、长笛、小号、长号和单簧管在吹响，几千只鼓、定音鼓和铙钹叮当锵锵地不停碰撞。小乐师走过了这么多地方，从来没有听到过这样的声音。

音乐王国的国王正在排练他的管弦乐队。

这个王国的每一个人，不管是男人、女人还是孩子，都是这个乐队的一员。婴儿不算。不过国王也曾让一个有天赋的婴儿在奏乐时发出叫

喊，作为一种特殊的音乐！

当排练结束，一切又安静下来的时候，小乐师已经到了王城。他求见了国王，问他是否知道那首神奇乐曲。

"神奇乐曲。"国王从宝座上站起来，严肃地点头，"是的，曾经有过这样一支不可思议的曲子！在那个时代，世界和平富饶，每个人都能安居乐业。可是，在一个不幸的夜晚，这首曲子突然碎成了很多乐章！就在大家措手不及的时候，这些乐章就分别飘散到了世界上所有的王国。年轻人，恐怕你的寻访要落空了。你们这代人再也听不到这首曲子了。"

"但也许有人能把这些乐章再收集起来。"小乐师急切地说。

"很多人曾经试过。"国王回答，"那些远走去寻找乐章的人，有的年轻的时候就厌倦了、回来了，有的找到头发都白了才爬回来，有的再也没有回来。从来没有一个人带着神奇乐曲的一个乐章回来。"

"那现在是时候重新去找了。"小乐师勇敢地大声说道，"噢，音乐之国的国王，再见了，因为我必须上路，去搜集散落在全世界的乐章了。"

"再见了，好小伙子。"国王回答，"你找到它，就回到这里来。祝愿你能吹着这支曲子回来。"

于是小乐师又上路了。他从清晨走到黄昏，又从黄昏走到村里的钟声响起。

他整整走了七年。在这七年里，小乐师坚持不懈地寻找着。他去了很远的地方，搜寻的范围很广，但没有一条线索指引他找到哪怕一个乐章。他曾经鲜艳漂亮的蓝色外套已经磨坏了，变得破破烂烂。唉，还有他的鞋！那双鞋烂得都快不能穿了。

在初冬的一天，小乐师来到了北方。他沿着

林子里的路，走过寂静和寒冷。天空阴沉沉的，被一大片灰色的阴云遮住了。温暖的太阳被阴云阻隔，冷得就像个月亮。整个天地都如此安静，小乐师能听到的唯一的声音，就是脚下踩踏树叶发出的轻响。黄昏来临时，小乐师才发现，附近没有住户，也没有村庄，他没有地方投宿。林子里刮起了冷风，不一会儿又下起了大雪。很快，黑夜和大雪就困住了小乐师。小乐师把破旧的斗篷又裹紧了一点，勇敢地走进了飞旋的风暴之中。但寒意还是一点一点地钻进了他的身体和骨头里。最后，疲劳和瞌睡终于压垮了他的身体。他一头倒在路边的黑刺莓丛里，就什么都不知道了。

当他睁开眼睛的时候，发现眼前是个火光熊熊的大火炉。旁边的蓝色杯子里给他倒好了一杯冒着热气的牛奶。有两个好心的年轻人正弯下身子，焦急地看着他。一个是结实健壮的乡下小伙子，身上穿着绿色工作服。一个是漂亮姑娘，身

上穿着家织布做的褐色裙子。他们是小两口，住在森林里的一个小房子里。他们深深地爱着彼此，心满意足地完成每天的工作，对所有人都热情好客、慷慨大方。小伙子从比较远的羊圈回来时，遇上了风暴，他发现小乐师倒在雪地里，就用自己的肩膀把他扛了回来。

几天后，小乐师觉得自己好多了，就把他要寻找神奇乐曲所有乐章的事情告诉了这两位慷慨的朋友。那时已是夜晚。晚饭已经吃过了，屋里一片宁静，小乐师和男女主人正坐在火边。

"神奇乐曲的乐章——天哪，我想我们家里就有一个！"年轻的妻子喊道。壁炉上的阴暗处放着一只褐色的旧碗，她走到壁炉架旁，在里面掏着什么东西。"没错，就在这里，确定无疑——是神奇乐曲的一个乐章！"

就这样，小乐师得到了神奇乐曲的第一个乐章。因为这对小夫妻立刻就把它当作礼物送给了他这个客人。

后来他又陆续找到了其他的乐章，除了最后一个。

第二乐章是小乐师在一个光辉灿烂的仲夏日发现的。它就躺在大树中央一只老鸟的鸟巢里，恰好一阵风吹翻了鸟巢，鸟巢和乐章一起掉到了小乐师的脚上。

第三乐章就夹在一位著名学者的书页里。他一个人住在古老的塔楼里，一直在收集世上各种学问。

第四乐章是一个小孩子的玩具，他把它送给了小乐师。

第五乐章是一个春天的早晨，有个庄稼汉在犁地的时候从土里翻出来的。他叫住了正好经过的小乐师，让他看看这个奇怪的东西是什么。

第六乐章是小乐师从一个织工手里得来的。织工是在家工作的，他在自己的织布机上织出了

很多精致漂亮的东西。

第七乐章属于一个大贵族。他住在自己的城堡里，不需要害怕什么，也没有不怀好意的竞争者，他的生命里闪耀着真诚、勇气和荣誉。

第八乐章来自一位隐士。他住在高山上，高得能碰到星星。

不过，第九乐章，也就是最后一个乐章，依然没有线索。小乐师就把另外八个装进没有漏洞的口袋，继续寻找第九个的下落。不久之后，他翻过一座山，来到了蓝湖王国，那里的统治者是阿莫特女王。

此时的蓝湖国差不多是世界上最美丽的国家，而阿莫特则是最美丽的女王。她的王宫在一座开阔的山上，建成了美丽的绿色园林。它的墙壁和宽阔的台阶都是用带着金色的白色大理石砌成的。站在露台上朝西望去，可以看到其间闪烁着湖水光芒的林地，更远处是起伏的群山。快乐

的贵族和贵妇人们一天到晚在这里举办宴会。这里从来听不到长笛和小提琴的演奏，总是热热闹闹，几乎没有一个小时是安静的。

阿莫特女王穿着金色衣服和猩红色长袍，坐在露台上珠宝镶嵌的宝座里，接见了这位衣裳破破烂烂、不断追寻神奇乐曲的朝圣者。

"神奇乐曲的最后一个乐章？"阿莫特女王道，"别找了，它就在这里。王宫外的野林子深处有个湖，我宫里的弄臣在湖边建了一个凉亭，神奇乐曲的最后一个乐章就挂在墙上。在宫里坐会儿吧，我会把它给你的。我向你保证。"

"陛下，我就不能马上过去先找到它吗？"小乐师着急地说，"我走遍天涯海角，找了它那么久，我很想马上找到它！"

"别急，坐会儿吧。"女王没有同意，"就算我让你去了，你也找不到凉亭，它巧妙地隐藏

在林子里，很难找的。好伙计，你都走了这么远，找了这么久，就休息一会儿吧。我的国家是世界上最美的地方，你想要什么都可以。"

阿莫特女王命人用最鲜亮的蓝布给小乐师做新衣服，还在皇家餐桌上给他留了个位子。

小乐师穿着新衣裳，焕然一新地出现了。听他讲了追寻乐章途中发生的上千个匪夷所思的故事，阿莫特女王和她的朝臣们发现，小乐师是个非常勇敢的年轻人，而且聪明有趣，口才也好，堪称世界上最好的伙伴，一致决定要让他留在王国。因此，他们开始努力把小乐师淹没在寻欢作乐的浪潮里，让他忘记找乐章的事。一场宴会接一场宴会，一场表演接着一场表演，但小乐师没有一时一刻忘记寻找神奇乐曲最后一个乐章的事情。

可不管怎么努力，小乐师都没找到最后一个乐章。他一次又一次到林子里去找弄臣的凉亭，却总是因为那里错综复杂的道路而迷路。他一次又一次地追问王宫的弄臣，可对方总是竖起一根手指抵住嘴唇，嘲讽地向他眨一下眼睛。有一天，他甚至冒险去提醒女王，让她记得自己的承诺，但她只是大笑起来，嘲笑他没有耐心，还硬把他拉到金船上，让他跟她一起去看湖上的露天表演。

这件事发生后的第二天早晨，阿莫特女王咨询了朝臣，决定毁掉那个乐章，这样小乐师就永远不会发现它了。她把王宫卫队的队长叫来，吩咐他说：

"今晚你就去弄臣的凉亭，把神奇乐曲的最后一个乐章取下来，远远地扔到湖水深处。"

到了晚上，王宫的贵族和贵妇人们走到西边的露台去用餐。远处的风暴正在集结，雷鸣声越来越近，闪电在空中闪烁，湖水也像镜子一样倒映出了电光。很快就刮起了风，下起了噼里啪啦的急雨，王宫的卫兵们就进宫来，把窗户和门关上。

小乐师站在一扇大窗户旁边，望着外面的黑暗和风雨。漂亮的新衣服像铅一样沉甸甸地压在他肩上。丝绸领巾紧紧地围着他的脖子，令他不能畅快呼吸，他的整颗心都在渴望穿回自己的破衣服，渴望重获自由，渴望冰冷的雨水打在他的脸上。

但是，他不能把最后一个乐章丢下不管。突然，他听到一个卫兵对另一个说："他们几个骑马跟着队长去弄臣的凉亭，要摧毁神奇乐曲的最后一个乐章，这路上遇上风暴，肯定要遭罪了。"

"噢，乐章，乐章，我的乐章！噢，我该怎么办呢？"小乐师喊道。他的心沉入了深深的绝望之中。"错过了这次，它就要从世界上永远消失了！我必须找到宫廷弄臣。他必须告诉我凉亭在哪儿！"他开始在衣香鬓影的人群里寻找弄臣那身五颜六色的小丑服装。但他只看到了很多贵族，他们穿着华丽的服饰，身上的珠宝折射着星星点点的璀璨灯光。

突然，他想到弄臣就住在王宫的阁楼里，就赶紧走上忽宽忽窄的楼梯，溜进了那个屋檐下的房间。倾盆大雨像河水一样浇在近处的屋顶上。天上响起一声炸雷，响得整个王宫都震动起来。小乐师没有停下来敲门，猛地闯了进去。

装饰简朴的房间里点着几支蜡烛，火光映照在椭圆形的玻璃窗上，宫廷弄臣就站在屋子中央，身上依然穿着小丑服装。

"我的朋友，"宫廷弄臣向他鞠了一躬，露出了嘲讽的笑容，"请允许我为你展示神奇乐曲的最后一个乐章。"说着，他就把乐章递了过来。小乐师太过惊讶，都呆住了。

"我担心它会被毁掉，"宫廷弄臣说，"于是昨晚我就把它从凉亭上拿了下来。你看，我相

信世上是有神奇乐曲的。没有我的乐章，没有这最后一个乐章，你的乐曲就不值得演奏。来，把手伸过来，小乐师。你拿上它，就必须冒着风雨，马上离开。"

于是小乐师和宫廷弄臣握了下手，拿到了乐章，就立刻顺着一条窄窄的楼梯跑了下去，一头闯进风雨里。他一边跑，一边对雷、对雨、对风大喊：

"神奇乐曲，神奇乐曲！我拿到了，我拿到了——神奇乐曲！"

暴风雨渐渐停了下来，夏夜的星星出现在最最清澈的深蓝天空上，天地间唯一的声响只剩下雨水从树上滑落的嘀答声。小乐师全身都湿透了，但他心中还燃烧着快乐的火焰，不顾路途遥远，穿过夜色继续向音乐之国跑去。

他在一个夏天的早晨回到了音乐之国，看到王宫里的人都聚集在国会大厅，国王正坐在他的宝座上。

"我找到了，国王陛下！"小乐师呼吸急促地叫出声来，"我找到了，每个乐章都找到了。神奇乐曲在我这里！"

"什么？神奇乐曲？"国王大喊一声，跳了起来，"快，都动起来，把钟敲响，让街上的小号手们都回来，召集管弦乐队，把首席小提琴手、首席风琴手、首席竖琴手都叫来。我们要一齐奏响神奇乐曲！"

首席小提琴手戴上一副大眼镜，仔细地看过神奇乐曲后，说："嗯……你不觉得最后几个小节应该演奏得非常快吗？就像这样：当——滴滴——当——当——滴滴——当——当当——滴滴——当——滴滴——当——当——当？"

"不，我不同意你的看法。"首席风琴手说。他身材高大，派头很足，脾气也很大。"那几个小节应该慢慢弹——"他竖起一根粗大的手指，严肃地摇了摇，"就像这样：当，当，当——停一下——当，当，当——停一下——当，当，当！"

"你们两个都错了。"首席竖琴手打断了他们。他个子很矮，胳膊和手指却很长。"依我看，整首曲子应该这么演奏。听我弹弹看：嗒——嗒——滴滴——嗒嗒——滴滴—嗒嗒—滴哆当。"

"不可能！太荒谬了！不，不是这样的！"首席风琴手和首席小提琴手愤愤不平地深吸了一口气。"我们要让国王来裁判！"

但国王在这件事上也有自己的看法。

于是，所有的音乐家都卷了进来，争论神奇乐曲到底该如何演奏，到现在还没争完呢。

但总有一天，他们会达成一致的。到那天，小乐师就会离开音乐之国，吹奏着这支曲子走遍世界。不过，天知道那天会是哪天呢。

 第三乐章藏在哪里？

森林野人
The Man of the Wildwood

一夜大雨后的夏日清晨，乡绅的儿子站在父亲家的拱形大门外，望着灌木篱墙和外面的田野。风暴过后，阳光照耀着大地，高处的风摇晃着树木，地上的疾风吹得小草频频点头，一朵朵泛着银光的白云就像帆船航行在天穹上。他看着这明亮的早晨和雨水冲刷后的土地，心中突然产生了一种强烈的愿望，想追随白云翻过高山，越过峡谷，去看看外面的世界。没过多久，他就把父母的祝福锁在内心的宝库里，把装着金子的钱包揣在口袋里，带着这些财富，跨上了一匹斑点骏马，向父母挥了挥装饰着羽毛的帽子，出门去了。

他骑马走了很远的路，发现自己来到了野林子最深、最黑暗的地方。从没有人见过那样的地方。他的前面、后面、四面八方全都是不计其数的树干——那些树太高了，高得遮住了天空，天空好像被分割成了许多云白色的长条和蓝色的斑点。有的树高大粗壮，有的树纤细苗条，有的树看上去像战士，有的树看上去像少女一样羞涩而疏远，有的树非常沉默，有的树却爱沙沙作响。树长得到处都是。野林子里太静了，除了轻柔踏响的马蹄声和一只躲在林间的鸟儿稀有的歌声，一点声音都没有。

快到第三天的时候，乡绅的儿子来到了森林中央一座视野开阔的大山上，那里有一个高贵美丽的城市，全部都用雪松绿的玻璃修建而成。而他现在就在城门外。

这时天色已经晚了，他就找了一家小旅馆吃饭住宿。旅馆的女主人是一个孤独的少女，她叫米兰达，父母都早早去世了。说真的，那里就没有比她更美丽、更善良的小姑娘了！在这家旧旅馆，她对贫穷的旅客和富有的旅客一样亲切友好，还把面包和牛奶送给不幸的人和穷人。

从乡绅儿子住的房间可以看到旅馆的院子。他刚住进去没多久，就听到下面传来嘈杂的喧闹

声，夹杂着笑声和嘲弄。他想知道发生了什么事，就拉开窗户往下看。院子里有个带轮子的绿色大笼子，一群好奇的看客正围着它指指点点，有的发出尖锐的嘘声，有的吹口哨，还有的几乎要笑破肚皮。

年轻人下楼来到院子里，向围观的人群走去。

笼子里坐着一个穿着灰色狼皮、长得像人的生物。他的身体看上去很强壮，但也很美。他的眼睛是蓝色的，那是一双属于野生动物的眼睛。

长长的头发落在他脖子上，就像奇怪至极的茶褐色金子。感觉到又有人接近，这个囚徒转过身来，看了年轻人一眼。他的目光是骄傲不屑的，却又夹杂着绝望。

笼子的主人去马厩喂马，很快就回来了，放下了围着笼子四周的布帘。看客们担心他要收参观费，赶紧溜之大吉，很快年轻人就发现院子里只剩下他一个人。

笼子里的囚徒，其实就是所谓的森林野人。几个猎人一年前在原始森林里张设了一张网，这次过去就在网里发现了这个人。对有些人来说，他是像动物的人；对有些人来说，他是像人的动物。如今，森林野人依然是这个世界的未解之谜。这个囚徒没有开口说过一句话，也没有人知道他会不会说话。

他被牢牢地锁在笼子里，展示给所有人看，一人收一便士参观费。

　　就在年轻人独自沉思的时候，少女米兰达走了过来，准备点亮院子里的大灯笼。她穿着白色围裙，戴着白色的大帽子，长袍上装饰着红色的缎带。乡绅的儿子心想，他从没见过这么美丽动人的姑娘。

　　米兰达看到乡绅的儿子闲站在那里，就问："先生，请问你的笼子里是什么呀？"

　　"是森林野人。"年轻人回答。他把之前在人群里听到的都告诉了米兰达。

　　"唉，真可怜。"心软的少女说，"对尝过原始森林里自由滋味的人来说，关在笼子里有多痛苦啊！我要给他拿些蜂蜜和面包来！"

　　说着，她立刻跑到食品储藏室去拿这些美味的食物。天色变得更暗了。米兰达回来后，就和年轻人一起走向绿色笼子，把美食送给了森林野人。

　　笼子里空间很小，囚徒蹲在一个黑暗角落里，没有做什么动作，也没有发出声音。看到善良的少女送来的礼物，他很慢很慢地挪了过来，狼吞虎咽地吃掉了这些东西。仅仅是这么一点点怜悯和同情，森林野人的内心深处就受到了震动。他用奇怪的眼神凝视着两个年轻人。

整个傍晚，乡绅的儿子都在想关于森林野人的事情。想明白的刹那，他突然对那个野人产生了巨大的同情。他找到那个展览野人的人，用五十个金克朗[1]买下了野人。

到了半夜，笼子主人的马拉着那个绿色的笼子，顺着一条荒芜的马路，来到了森林边缘。几乎已是满月的月亮高挂在天上，一会儿消失在薄薄的乌云后，一会儿又穿行在镶着银边的乌云裂缝中。笼子的主人和年轻人并肩坐在马车里，默默无言。

突然，在他们前方那月光如银的田野边缘，

1　克朗是一个货币单位，原意是"王冠"。

朦朦胧胧地出现了一道沙沙作响的黑暗高墙。笼子已经被送到了森林入口。乡绅的儿子拿着对方给的钥匙，有点害怕地打开了笼子上的锁，放野人出来。牢笼一打开，便有一阵夏夜清风唱着狂喜的欢歌冲过原始森林。

森林野人终于自由了，但他什么都没说，只是抬头去看天上的星星，又把右手高高地举过头顶，向年轻人庄重致意。然后，他向黑暗的森林走去，姿态高贵得就像一个国王。

第二天早上，年轻人起得很早，离开旅馆继续他的旅行。他去了很多城市、国家和王朝，但那些地方没有人比米兰达更美。至于米兰达，乡绅的儿子一走，她就开始盼着他回来了。

夏天一点一点到了最热的时候，然后热度又慢慢消退，只在田野中留下了金秋的礼物。

讲到这儿，你必须听听关于三个商人、月光石的事情和后来米兰达的不幸遭遇。

那是一个收获的夜晚，米兰达站在门口，看到三个像是商人的男子正从大街上向小旅馆走来。让她惊讶的是，他们没有车马，是走路过来的。其中两个人又高又瘦，还有一个又矮又胖，长着一双绿眼睛。尽管理智上存在怀疑，但她心地善良，不愿意把他们拒之门外，还是同意了让他们入住旅馆。

可实际上这三个人根本就不是商人，而是小偷，他们来城里是为了偷国王手里的一颗著名宝石——月亮石。那是一颗非常稀有的美丽宝石，传说它从月亮上掉落下来，当夏天最后一缕月光照在森林空地上时，有人在那里发现了它。世界上没有比它更美丽的宝石了。

到了夜半，这三个小偷就离开了旅馆的房间，就像三只猫一样轻轻下了橡木楼梯，来到大街上。但他们不知道的是，米兰达被他们小声说话的声音惊醒后，就紧跟在他们后面，一会儿藏

在门口的阴影里，一会儿贴着墙壁前进，免得自己被他们发现。

很快三个恶棍就来到了王宫那巨大的黑色轮廓前，通过沉睡的花园钻到了里面。夜色中传来某个小喷泉稀里哗啦喷水的声音。月亮已经落下，一片薄薄的云遮住了旋转的星空。

三个小偷为自己成功躲过了王宫守卫轻轻地笑出声来。他们强行推开了一扇小窗，钻进了存放珠宝的塔楼。米兰达用最快的速度跑去叫醒了王宫卫士。

突然有人一声大喊，窗户里亮起了灯光，然后塔楼里传来了呼喊声和兵器的碰撞声。三个小偷带着月亮石，磕磕绊绊地钻出了窗户，消失在星光闪烁的黑夜之中。片刻之后，燃烧的火把纷纷移动到树林之中，一群全副武装的卫兵冲进了花园，围住了米兰达。

开小旅馆的少女被指控窝藏盗窃犯，还帮

助他们偷窃宝石，第二天早上就被带去受审。可怜的少女连心脏都颤抖起来，吓得前言不搭后语，坚持自己是无辜的，却难以证明自己的清白。很快，判决下来了，她将要受到法律最严厉的惩罚。

判决宣布的时候，爱着米兰达的朋友和邻居一片喧哗，他们在法庭上吵闹起来，于是判决改成让监狱长的马车把米兰达送到大森林深处，把她丢在那里自生自灭。

黄昏来临了，这是一个金色的秋日黄昏。米兰达站着，手腕绑在背后，头垂得很低，一辆两轮马车穿过玻璃城渐渐昏暗的街道，把她远远地带到了原始森林里连小路都没有的地方。监狱长可怜她，解开了她手上的绳子，还给了她一份监狱里给囚犯吃的面包皮，就驾车离开了。马车向家的方向驶去，发出的声响越来越远，越来越远。

晚上没有月亮，星星却很明亮，一股从远方荒

野刮来的狂风嘶吼着吹过树木，有时风会变小，只发出微弱的、飘忽不定的沙沙声；有时风会变大，就像海浪一样起伏澎湃、拍打撞击，发出尖厉的呼啸。摇晃的树枝形成的团团黑影不断地遮住星星，而树脚下都太黑了，什么也看不见。

有好一会儿，不幸的少女害怕得瑟瑟发抖，一直站在原始森林的黑暗中没挪动地方。奇怪的声音灌进她的耳朵——树枝的呜咽，流水的笑声，某个猎人在远处发出的呼喊声。突然，一阵冰冷的感觉漫过她全身，她闭上了眼睛，倒在地上，什么也不知道了。

就在那天傍晚，在遥远的城市，乡绅的儿子正开开心心地骑着马去往小旅馆。他来到这个盼望已久的地方，却大吃一惊，发现旅馆的门窗都已经被封了。看到他在这里徘徊，好心的邻家妇人就从家里出来，两眼含泪告诉他，好心的米兰

达遭遇了多么残酷的命运。

"噢，可恶的判决！"年轻人叫道，"快！请告诉我他们把她带到了森林里哪个地方，因为我无论如何都要找到她！"

"唉，这谁说得准呢？"妇女说道，"我只能告诉你，马车出了东边的城门，往东边走了。"

年轻人立刻叫自己的斑点骏马抓紧时间赶路，以前他从来没有这样勉强过它。他骑着马穿过夜色，进入原始森林。越往里走，越是黑暗。

最后，他来到一小片空地上，命令斑点骏马就在这里等，自己一头扎进森林里，大声呼唤失去踪迹的少女。他跌跌撞撞地摸黑走过多刺的灌木丛和有好多石头的泥沼地。突然，他脚下出现了一道深沟。他一脚踩空，双手也没抓到东西。伴随着一声尖叫，他摔了下去。当他躺在地上昏迷不醒的时候，一双强壮的手臂将他小心地抱起

来，带离了这里。

　　醒来的时候，他发现自己躺在一个岩洞里，身边燃着一堆火，身下是毛皮铺成的床。他旁边站着森林野人。他看上去又高贵，又美丽，又强壮，人类牢笼对他的折磨就像一件邪恶的服装，已经从他身上完全剥离，没有留下丝毫痕迹。

　　年轻人起身，转向他的救命恩人，把自己的故事都告诉了他，发现森林野人露出明显是听懂了的眼神。有那么一会儿，野人没有任何动作。突然，他温柔而有力地握住了年轻人的手，拉着他走到洞口。然后，他向外面黑暗的原始森林张开双臂，用神秘的语言呼唤着它。

　　他命令所有的野生动物——地上跑的，天上飞的，还有低调地在泥土里钻的，全都去寻找

少女，并保护好她。同时，他让它们去跟踪那几个小偷，把他们抓起来。

一阵很响的沙沙声瞬间扫过整片森林，就像即将落下一场倾盆大雨。熊、灰狼、小狐狸出了窝，害羞的鹿离开了栖居的峡谷，巢中惊醒的鸟儿扑棱着翅膀飞进繁星闪烁的黑夜，小林鼠滚下了温暖的床，甚至连斑点蛇都出去找人了。这一切发生的速度比我描述这些的速度还要快，森林里的天空和大地似乎充满了人影，都在四处寻找少女的下落。

过了一小会，一只被火光照得半瞎的棕色大猫头鹰突然降落到洞口上方，说是发现少女正在一棵松树下面睡觉。又过片刻，一只敏捷的灰色野兔竖着两只耳朵，蹦蹦跳跳地过来，说是小偷

都已经被带到林间小路上了。

听到这个消息，乡绅的儿子低落的心情一扫而空，高兴得跳了起来，赶紧跟着睁大眼睛的猫头鹰和森林野人去米兰达的避难所。

你肯定能想象得到，米兰达看到乡绅的儿子是多么高兴啊！至于那几个小偷，一大群沉默的、眼里冒火的动物围成一个大圈子，把他们围在中心，他们抱在一起，吓得够呛。他们想逃走，森林里的藤蔓就抓住了他们，把胳膊绑在他们背后。

突然，他们听到了一声亲切的马嘶，发现是一只好心的獾引领斑点骏马穿过原始森林，回到了它的主人身边。年轻人把米兰达扶上马背。三个小偷走在前面，米兰达骑着马，年轻人和森林野人跟在后面，一小伙人在黑暗中向森林外走去。

黎明即将到来，一望无云的天上只剩下了几颗越发明亮的星星。没过多久，林木苍苍的绿色

地平线上天光破晓。

来到森林边缘，野人再次举起手臂，向他们道别。动物们都聚集到他身边，一起目送他的朋友们越走越远，消失在路上。

不久之后，这一小队人眼前出现了玻璃城的圆形屋顶和塔楼尖顶。原始森林和城墙之间盘旋着秋天的薄雾，头上的天空是玫瑰色的，数百口小钟正在敲响。

乡绅的儿子在东门外停下，把几个贼交给了城门守卫。

第二天上午，三个小偷被带到了法庭上。他们向公众宣称米兰达无罪，还忏悔了自己的罪过，归还了月亮石，受到了公正而严厉的判罚。但是，月亮石失而复得，国王太高兴了，就从轻发落他们，只罚他们修几年马路。国王重赏了米兰达，还送给乡绅的儿子一座漂亮的房子，在窗前就能望见原始森林的树梢。

乡绅的儿子和善良的米兰达结了婚。他和亲爱的妻子、儿女住在一起，幸福快乐地生活了很多很多年。

Q 一阵很响的沙沙声瞬间扫过整片森林，谁滚下了温暖的床？

山中少女

The Maiden of the Mountain

从前，黄金草原西边有一个高贵的王国。那里有一座孤寂的高山，它高耸入云，庄严又美丽。众所周知，那里是山之国。

大山矗立在小树林和两岸垂杨的小溪后面，山顶覆盖着白雪，高大而平静。

国王的妻子已经去世，留给他一双儿女——阿里尔王子和里尔琳公主。公主是姐姐，虽然只有三岁，但她已经把自己当成大人了。至于小王子，他还是个需要人抱着的小孩子呢。他们的房间在塔楼顶层，他们习惯站在窗边，眺望远处的大山。仲冬时节，山上积雪会在清澈的空气中闪烁着耀眼的光芒。到了夏天，它又会半掩上一层雾蒙蒙的轻纱。

而现在，一场突如其来的暴风雨撕碎了夜晚的平静。有个邪恶的贵族巴比兰起兵叛乱，想夺取国王的王位。

平时国王都把公主交给一位聪明的老保姆照

顾。战争爆发那天，她担心小主人出事，就上到高高的塔楼去看她。在这阴暗寂静的早晨，人们已经可以听到远处传来沉闷的骚动。一个钟头一个钟头过去，战线越来越近，厮杀声越来越响，很快叛军就打到了都城门外。

突然，第一批战败逃走的王军从小树林里冲了出来，沿着公路跑向城堡。善良的保姆清醒地意识到这一切都保不住了，巴比兰的叛军马上要打到王宫，就一把抓起里尔琳公主，匆忙跑下弯曲的楼梯，去通知阿里尔的护卫。

可是，她既没有找到小王子，也没有找到他的护卫。城堡已经乱成一团，人们在四处奔逃，警钟在疯狂地鸣响。在庭院里，一个逃回来的士兵正气喘吁吁地对几个吓呆了的人说他刚才经历的事情。保姆知道，自己的第一要务是保住在她肩头沉睡的小公主，就果断放弃寻找阿里尔，带着小公主逃出了城堡。这位勇敢的保姆出生在山

上的村庄，她知道山上有些地方地势险峻，至今仍是荒野，人是很难爬上去的，就掉转方向，向大山跑去。

一整个夜晚，在这片黑暗笼罩、因为战争而地动山摇的土地上，这个勇敢的女人先是沿着僻静的小路跑到皇家公路上，又顺着林间小路和河边的路跑向大山。一路上，大水在一座座有角塔的桥下咆哮，冲击着她的耳膜；信使们骑马疾驰，从她身边掠过；远处一座座高山顶上不断燃起烽火。但是，没过多久，天上成群的星星渐渐变得黯淡，东方出现了鱼肚白。

山下道路尽头，是一个偏僻的农场。保姆在那里停了下来，恳求农场主人给自己和里尔琳一罐牛奶和一小片面包。

向东看去，大山那高大的雪顶出现在群山后方，在黎明的碧空中勾勒出一条清晰的轮廓。

这里不再是美丽的田野，而是一片迎着风

口、有许多石块的草地。从这里出发，蜿蜒的小路爬上了山脊，通往山谷里一个小小的村庄。山路右侧是白雪覆盖、高耸入云的峭壁，左侧地势下倾，是一个悬崖，悬崖下是一条湍急的河流，溪水湍急，全是泡沫。里尔琳已经精疲力尽、手足无措。老保姆半拖半抱着她，走上了这条险峻的山路。

当她们终于走到村里时，天已经快黑了，四周一片寂静，宽阔的山谷沉浸在昏暗的薄雾中。夕阳已经落在村里人家的屋顶上，但那座最高的山峰上依然有西边照来的阳光，山顶的积雪折射着玫瑰色的光辉。

安全抵达村里，老保姆立刻藏到了妹妹家的小屋里。她妹妹是个寡妇，养了一群羊。担心冷酷的巴比兰通过某种方式知道公主的下落，这个善良的女人做了个明智的决定，那就是隐瞒小客人的真实身份。这样一来，以后甚至连里尔琳自己都会把王宫的事情忘光的。

于是，里尔琳公主变成了山中少女里尔琳。

至于阿里尔，他的命运依然是一个谜团。有人说可怜的小王子还被关在某个监狱里，也有人悄声说，邪恶的新国王已经派人把他丢到森林里扔掉了。但，无论真相如何，王宫里再也没人见过他，也没人再听到他的消息。

很多年过去了。里尔琳公主安全地躲在大山里，从一个玫红脸颊的山地小孩，长成了一个金发蓝眼、个子高挑的牧羊少女。大山上很多村庄都传说着她的顽强心志和惊人胆量，也传说着她的亲切温柔和彬彬有礼，连很远的村子都知道。为了寻找一只走丢的羊，或是一些长在雪地里的稀有的花，她一次又一次地爬上了从没有人试图攀登的高峰。这位出身王室的牧羊少女简直天不怕地不怕。她采集了一大抱雪地紫罗兰，送到一位可怜的妇人手里。收到花束时，妇人惊讶地叫出声来，说她能平安无事，一定是山巨人在保佑她。

"山巨人，"里尔琳问，"他是谁？请告诉我，我从没听说过他的事。"

她转过头，好奇地望向有一半隐藏在晨雾中的山顶。

"山巨人是管这座大山的山神。"这位主妇回答，"至少男人们是这么说的，但我还没听说有人见过他。也许他躲着不见凡人。但在很久以前，里尔琳姑娘，在我们祖先的时候，爬山爬到溪流另一边去的人，有时会听到一个很响的男人声音，非常庄严肃穆，好像山里在打雷一样。"

"也许我会见到他！"里尔琳大声说道。带着满满的好奇，她又回到了照顾羊群的日常工作中。她身上穿着褐色土布做的漂亮裙装和苹果绿的无袖短外衣，看上去非常美丽。

就在那天下午，里尔琳在赶羊回圈的路上，听到了有人在哭，然后她遇到了一个两眼含泪的小牧羊女。里尔琳把这孩子牵到身边，努力安抚她，问她为什么哭泣。

"唉！里尔琳姑娘，"这破衣烂衫的小牧羊女说，"我哭是因为我把一只父亲交给我看管的白色小羊羔弄丢了，到处都找不着它。噢，我该怎么办？我该怎么办？"

小牧羊女又哭了起来。停在她身边的羊群也呆呆地低下了头，一只只伤心地咩咩叫唤起来。

"一只白色小羊羔？"里尔琳问，"过来，打起精神来。它跑不了多远的。我确定，我们能找到它，因为太阳还高高地挂在西边天上呢，白天还没结束，还有很多时间。你就留在这里，看好我们两个的羊群，我去积雪旁的草地上找找看。"说着，这位善良的少女转过头来，望着大山。

里尔琳走过山上的草地，走过满地岩石、林木葱葱的小谷地，搜索着花朵摇曳的草丛，寻找那只走丢的白色小羊羔，仔细倾听是否有走失羊

羔的咩咩叫声。但是，她没有看到小羊羔，也没有听到它的叫声。时间一点一点过去，黄昏就要来临了。很快，夕阳消失在一大片乌云后面，寒冷和黑暗悄然出现。

里尔琳在不远处找到了一条山溪，顺着咆哮的急流向悬崖走去。

此刻的天空就像是静止不动的辽阔云海。奇怪的是，在这多云的天穹下，却有很多潮湿的雾气和无形的薄雾碎片在快速飘动，冰冷的雾气时不时把里尔琳裹在其中。少女勇敢地向前走去，每一步都变得更加危险，但她最终还是走到了那片开阔的草地边上。那里遍地都是可爱的花朵，远处还矗立着两道奇怪的悬崖峭壁，里尔琳以前从没见过。

里尔琳望着两道悬崖，发现高处有平坦的岩石地面把它们连起来，后面还有一道高高耸立的悬崖绝壁，看上去就像共同构成了一个神奇的巨

大宝座，两道悬崖是扶手，后面的绝壁就是椅子靠背——这可是一个能给山一样大的巨人坐的宝座，他的脚踩在地上，身子耸入云端，脑袋都能碰到天上排列的星辰。这张椅子太高了，看上去奇怪、庄严而黑暗，一会儿在沉闷的阴云中显出轮廓，一会儿又隐藏在云雾之中。

很快，已经被乌云遮住的太阳落到山后，真正的黑暗降临了。悬崖宝座周围云团翻滚。

突然，狂风呼啸着吹过山顶，像是响起了一段庄严的音乐。宝座上的云雾破碎散开，一道明亮的光束突然泼洒在原野上。里尔琳看到巨大的宝座向上升起，直逼落日霞光，宝座上坐了一个巨人，身上的长袍好似云雾织成。夕阳从他脑后照来，他的双手落在两道悬崖上，双眼中仿佛有万千奥秘。

里尔琳敬畏地凝视着山巨人，看了好久好久，但心里并不害怕。然后，远处像是有人吹响了小号，大风又刮了起来，乌云再度聚集，宝座和巨人渐渐隐没在大山的幽暗之中。

突然，里尔琳又听到了可怜兮兮的叫声，低头一看，那只走失的小羊羔就在她脚边。它是什么时候来的？之前可是到处都没看到它啊。

里尔琳轻轻抱起小羊羔，在暮色中走向小牧羊女。

又过了一年半，王国再度陷入动乱。人民受够了巴比兰和他的暴政，联合起来想把他赶下宝座。从来没有哪个国王比他更糟糕了！他让很多不幸的村庄交出金子，如果交不出来，就烧掉村民们的房子，还把哞哞叫的牛据为己有。他的监狱里装满了被他盯上财产的无辜百姓和被他打击报复的人。在里尔琳那不幸的父亲统治的时代，这片土地上尽是欢声笑语，可现在再也没有了。可是，就算巴比兰有雷霆怒火、霹雳手段，人民对他的忍耐也到了极限，他们联合起来反对国王了。

　　在这场冲突中，人民的领袖是一个年纪轻轻、出身低下的森林居民，他叫诺伯特。这个勇敢的年轻人曾把一个贫穷的家庭从巴比兰的压迫下解救出来，被巴比兰关进了监狱，但他成功地逃出监狱，躲到了山里。他礼貌而宽厚，勇敢得像一头狮子。如今，这位年轻的领袖是所有国民心中的偶像。

　　没过多久，起义的浪潮也波及了山上的村庄。山上草场和山下田野的年轻人都聚集在村里的广场上，选拔他们的首领。大家都认为里尔琳活力满满、英勇无畏，一齐大喊要里尔琳做他们的首领，其他人他们都不服。于是牧羊的公主穿上了一件年轻骑士的盔甲，骑马带领着这群坚毅勇敢的山地人奔赴战场。

　　这支义军一点一点逼近了巴比兰的大本营，很快就在离王城不算太远的大山下安营扎寨了。人们在山下的草地上入睡，心里还想着，是不是在明天晚上就可以看到王城的街道插遍胜利的旗帜，看到巴比兰成了他们的阶下囚。

但是，黎明时分，巴比兰带着一支可怕的黑骑兵上了山。天光依然黯淡，他们一动不动地站在那里，提神醒脑的微风吹动了他们的黑色旗帜。在这支阴郁的队伍中央，一匹特别高大的军马停在比他们略微靠前的地方，骑着它的就是那个邪恶的国王巴比兰。突然，军号响了起来，或近或远的士兵发出一声山回谷应的大喊，顺着斜坡冲了下来，杀向惊慌失措的起义军。

现在一切都乱了！起义军陷入了恐慌。但诺伯特临危不变，机智勇敢。在他的鼓舞下，起义军虽然受到了惊吓，但还是重振了信心。他们快速集结，占据地盘。滚雷般的厮杀声在美丽的绿色田野和果实累累的果园里回荡了整整一天。诺伯特展露了一个勇敢的军事奇才的能力，而里尔琳也从不会让自己陷入重围。她带着山上来的部

下们救出了一群被敌军包围的同志，从敌军旗手手中夺下了绣有数只红鹰的黑色旗帜，还给受伤的朋友和俘虏送水喝。但是，唉！白天即将过去，影子越拉越长，巴比兰的军队慢慢地占了上风。夜幕降临的时候，起义军已经被击溃，人们纷纷向公路和田野四散逃走。

里尔琳表现得非常英勇，但她还是被迫离开了战斗。因为她发现诺伯特在果园里受了伤，却没有人注意到他。她下了马，把年轻的领袖扶到马上，和忠心的部下们一道，在夜色中匆匆赶回山上的村庄。

天又亮了。很快，里尔琳、诺伯特和他们的部下来到了一座小屋里，里尔琳的老保姆和养母正在里面等她回来。天太冷了，大壁炉里正毕毕剥剥地烧着火。他们把不幸受伤的年轻领袖放在一张简陋的小床上，然后山上的居民都离开了，留下里尔琳和她的养母照顾他。唉，可怜的诺伯特！他现在无助地躺在这里，昏迷不醒，虚弱极了。

突然，外面有人急切地敲门。里尔琳打开门，发现是小牧羊女。一年前，她曾经帮她找回一只白色的小羊羔。

"喂，里尔琳姑娘，"小牧羊女喊道，"我是来通知你的！国王已经发现了这里，带着骑兵赶来了。他们正沿着山脊那条路上山，我父亲在大岩峰上看到他们了。噢，快点藏起来，不然你们就要落到那个残酷的坏人手里了！"

"可我们的领袖怎么办？"里尔琳问道，"我们不能在他困难的时候丢下他不管。快，帮帮我，我们把他藏到那边的松树林里。"

但老保姆摇了摇头。"不行，"她说，"如果现在搬动他，他就永远醒不过来了。"

"喂，里尔琳姑娘，快躲起来啊。"小牧羊女抵着半开的门，焦急地喊道。

"不行啊，小妹妹，"里尔琳摇摇头，"我

必须留在这里。永别了，小朋友，谢谢你赶来通知我。"

光芒四射的朝阳已经升起，出现在大山的肩膀上，驱散了迷雾，照亮了露珠闪闪的原野，照亮了悬崖峭壁，也照亮了终年不化、洁白无瑕的美丽积雪。里尔琳把诺伯特留给老保姆照顾，自己冲向了大岩峰。

她看到了下方的村庄，然后又看到了山谷通往山外平原的狭长走道。突然，公主看到了巴比兰和他的军队！他们正沿着这条蜿蜒山路赶到更高的山上去，还时不时在不太陡的地方纵马飞奔。

绝望潜入了里尔琳勇敢的心灵，就像冬夜那刺骨的寒冷潜入了熄火的房间。她好像看到了诺伯特无助地落入了敌人之手，看到人们匆匆逃到大山的岩洞里躲起来，看到敌军打败了她的村庄。

但她还能向谁求援呢？邪恶的巴比兰正沿着白雪覆盖的山脊骑马而来，离他们越来越近了。

突然，里尔琳想起了山巨人。她转头望向大山之巅，举起双手，大声喊道："喂，山巨人，喂，山巨人，请帮帮我们！"

里尔琳的喊声响亮而清晰地在山中回荡，随之而来的是一片寂静。

一阵清风吹动了矮松林的树枝。一只鸟儿唱了起来。

突然，从远方高处传来的低语声变成了一声大吼，这吼声嘹亮而可怕，足以淹没世界上所有声音。路旁白雪皑皑的高山忽然倾覆，变成一场大雪崩，轰隆隆落在巴比兰和他的骑兵身上。巨大的岩石、闪光的冰雪、褐色的泥土和连根拔起的松树扫过路面，落下悬崖，冲进了下面将近五千米深的山谷。

这就是邪恶的巴比兰的结局。

因为战马瘸了，有个巴比兰手下的士兵落在了后面，躲过了这场雪崩。山上的人很快就把他扑倒，要给他点颜色看看，但这个骑手大叫起来："等等！等等！我，只有我能告诉你们阿里尔王子如今在哪里。"

听到这话，山上的居民觉得最好还是把这个俘虏交给里尔琳处置。骑兵被牢牢地捆起来，扔在小屋的角落里。里尔琳命令他把阿里尔的事告诉大家。

原来骑手曾经是小王子的护卫。他说："巴比兰把阿里尔王子交给我，让我把他扔到森林里。但我没有听从这残酷的命令，把孩子交给了一个住在森林里的好心人。他的名字叫橡树林的希尔德布兰德。"

骑手说完后，所有人都明白了，命运的轮回真是古怪而神奇，因为勇敢的诺伯特就是橡树林的希尔德布兰德的养子，原来他们年轻的领袖就是合法的国王。

现在轮到老保姆开口了。她说："一直以来

我都保守着一个秘密，但如今让我保持沉默的危险已经不在了，我应该告诉你们大家。我们的里尔琳，你们大家都认识的里尔琳，那个放羊的姑娘，其实就是我们的公主，阿里尔王子的姐姐。"

她告诉他们，她是怎样一路逃上了山，怎样把小公主从残酷的巴比兰手里救出来。你可以想象得到，里尔琳听说自己是一位真正的公主，惊讶极了。她心中充满了快乐和骄傲，不过不是为她自己，而是为她弟弟成了这样优秀的人物而骄傲。

等到阿里尔的伤痊愈了，力气也恢复了，山上的人民欢欣鼓舞地护送他来到了王城。在一片欢腾的气氛中，勇敢的王子宣布接受王位。他成了精灵世界有史以来最好的国王。很高兴告诉你，他还重重地奖赏了护卫和老保姆。

里尔琳又回到了山里，大山这块地盘成了她的王国。她在山巨人的庇护下，一直平静而幸福地生活在那里。

Q <u>小牧羊女因为弄丢了什么而哭泣？</u>

地 海 之 钟

The Bell of the Earth
and The Bell of the Sea

从前，有一个勇敢的水手，他在蔚蓝大海上航行了很多年，后来娶了船长的女儿，在一个宜人的内陆国家定居了。那里离大海很远。他们夫妻俩住在内陆的山谷，生了一个非常壮实的儿子，给他取名叫阿尔泰尔 [1]。这个小男孩渐渐长大成人，心里一直都非常渴望能和水手们一起在大海上航行。有一天，老船长把他叫到跟前，说："亲爱的儿子，你生来就是一个水手，你将来也一定会成为一个水手。到船上去吧，全身心地去体验水手的生涯，希望你在海上能得到荣誉，得到幸福。"

于是年轻的阿尔泰尔和亲爱的父母道别，然后沿着北方的公路，去往海边的一个大城市。日子一天天过去，他走啊走啊，内陆国家那淡蓝色

1　Altair（阿尔泰尔），天体名，即牵牛星/河鼓二/天鹰座α星。

的天空和金色的云朵慢慢在他身后消失，前方的天空变得明亮灿烂，呈现出一抹淡绿色的光辉。北风摇晃着每一株阴沉灰暗的北方松树。一天早晨，年轻人突然听到远处传来了大浪拍击海岸的声音，无休无止，跟打雷一样。然后他来到一座沙丘上，看到了广阔无边的大海。海里翻滚着浪花，摇晃着泡沫，白色的海滩一片荒芜。一看到大海，阿尔泰尔的心就一下子苏醒了，似乎有什么东西在他心里大喊一声，他高兴得跳了起来。

沙丘的一侧，下方是城市里的塔楼和柱子。街上走着棕色脸庞的水手们、穿戴天鹅绒帽子和长袍的富商们、勇敢的海盗们，以及冒险家们，还有一些船长从船上来到城里，或从城里回到船上。

阿尔泰尔买了一件结实的夹克、一顶编织帽、一件蓝色的水手衫，还有一条喇叭裤。他在一艘大船的名单上写下了自己的名字，就随船出海航行去了。七年过去，他见识了海浪低声细语

的夜晚和宁静的星空，也见识了暴风大雨、呼啸的狂风和拍出雪白浮沫的巨浪。年轻人蓝色的眼睛一点点变得深邃，身体也强壮起来。他走路的姿态变得像一个水手，走起路来两只脚分得比较开，身体重心一下往左，一下往右，这样走路在船上容易保持平衡。他在海上航行了七年，然后拥有了一艘自己的船，做了船长。

有一回，蓝眼睛的船长经历了漫长而孤独的旅行，从黄金岛回来了。他看到有很多很多船正在出海。这些船从他的船边开过去，大船平稳得像橡木打造的城堡，小船则随着每一个浪头跳动、鞠躬。有的船挂着三角旗，有的船挂着横幅，有的船配备了五颜六色的帆和绳索，斑斓得好像汇聚了世界上所有的颜色。出海的船太多了，有的才刚刚下海，有的就已经航行了很长一段路，摇晃的桅杆慢慢变成模糊的影子，消失在远方。

年轻的船长很想知道这么多船聚集起来是怎么回事，就向旁边经过的一艘船挥挥手，问那艘船的船长去干什么。

　　"船长先生，全世界所有的船都在这里了。"那艘船的船长说，"我们要去南国，是南国国王让我们所有人都去的。他们说，有个大新闻，要等我们到了那里，才会告诉我们，不然他们什么都不会说。来吧，转舵吧，船长先生，跟我们一块出海到那里去。"

　　船航行了几个星期，经历了好天气和坏天气，阿尔泰尔和世界上所有的船一起到达了南国。一个晴朗的夜晚，就在午夜和凌晨之间的时段，突然，在前三艘船桅杆上的人们大喊一声，看到陆地了。没过多久，远处海面上就出现了南国灯塔照射出的大片蓝光。日出时，全世界所有的船，都一艘接着一艘，排队通过岩石门，进入南国的宽阔港湾。

国王的宫殿建在蓝色山脉和大海之间一座山的山顶上。宫殿是用金色的大理石建成的，有一道蜿蜒的大理石阶梯通往看台，还有港湾的码头。一座雄伟的钟楼拔地而起，超过国王花园里的参天古树，高耸在山顶和城市上空玫瑰色的黎明里，独自闪烁光辉。

　　现在，全世界所有的船长都聚集到了一个柱子林立的大厅里。有权有势的大船长们戴着装饰羽毛的天鹅绒帽子，身侧佩戴镶嵌宝石的剑。商船的船长们披着朴素的蓝色披肩。地位较低的渔船船长们戴着编织帽，穿着条纹鲜艳的上衣。然后，南国的国王来了。他穿着猩红色的长袍，戴着金黄色的王冠。国王对他们说：

　　"来自世界各地的船长先生们，欢迎你们。你们来到这里，是想知道我为什么把你们从大海上召唤到这里。那么接下来请听我说。我已经建好了一座钟楼，一座天底下最宏伟的钟楼。我非常渴望在里面挂上全世界最好、最高贵的钟。噢，船长们，请替我找到这口钟。到所有的国家去，到所有的海洋去，帮我找到它。

"找到这口钟的人，我会给他一大笔财宝，还要授予他荣誉称号。"

南国国王说完这些，就带领船长们参加准备好的盛大宴会。他们寻欢作乐，一直到白天结束。

到了太阳落山的时候，城市，还有宁静的港口和诸多船只，都沐浴在温柔的金色夕阳里。阿尔泰尔踏着蜿蜒的大理石阶梯，登上看台。他的船就停靠在那里等他回来。就在年轻的船长走上最后一级台阶时，他看到大理石柱子旁边站着一位弯腰驼背的老渔婆，她身边还有一位渔家少女。在阿尔泰尔看来，她们好像很想和他说话，但又有点害怕开口。年轻的船长就在柱子旁边停下，问这两位渔民是不是遇到了什么麻烦。

　　"好心的船长先生，"少女说，"我们是危险岛来的渔民，一心想回到家乡。今年春潮的时候，我和母亲在小船上撒网捕鱼，突然，一场风暴把我们刮到了海里。大风吹着我们，在大海上漂流了可怕的两天两夜。在第三天早上，终于有一艘大船发现了我们，把我们从海里救起来，带到了这个王国。长久以来，我们苦苦寻找回到家乡的方法。我们到这里等着，就是指望世界上总有一艘船会路过那个岛。我们已经问了经过这里的很多人，但没有一个人愿意带我们回去。"

　　老渔婆很伤心，慢慢地摇着头。少女也静静地站着，没再说话。此刻，金色夕阳已经从城市、宁静的港湾和船只上褪去光辉。钟楼伫立在沉沉暮色之中，但它空空的钟阁在高空中依然显眼。很快，港口的灯塔里亮起了大片蓝光。忽然，一阵风把浪花吹打到远处的外滩上，发出轻微的响声。

"别担心，我会带你们回危险岛。"年轻的船长严肃地许诺。他诚挚邀请她们上了小船，然后他们一起上了大船。之后，暮色中响起绳索和龙骨墩的声音，还有船帆升起的声音。很快，阿尔泰尔的船像一只鸟儿投进了黑暗的大海。很多寻钟的船只也已经出海，黑暗的波涛上闪烁着星星点点的灯光。

经历风和日丽的两星期后，阿尔泰尔的船来到了危险岛。危险岛是个很大的群岛国家，地势很高，黑乎乎的，四周是一圈生长着野草的暗礁，海水在礁石上撞出一串串喷到天上的浪花。

在危险岛周边，世界各国的国王们已经开辟了一条绕开冷酷暗礁的安全航道（水手们叫它生命线）。安全航道入口处有一口警钟，它会在海水里沉浮摇晃，用钟声提醒来往船只。

打渔少女和她的妈妈充满感激地告别了年轻的船长阿尔泰尔，划着小船向危险岛驶去。必须

补充一下，少女的名字是赛尔扎[1]。她的眼睛是灰色的，有一头漂亮的金红色头发。她是那么美丽，望着你的时候，看上去又是那么真挚和坦诚。阿尔泰尔想，也许他再也见不到像她这样的女孩子了。

赛尔扎久久地站在海滩上，远远地望着阿尔泰尔的船，直到船的影子慢慢缩小，最后消失在海天相接之处。

后来，阿尔泰尔南来北往，搜索全世界的海域去寻找那口钟。他去了满是金色屋顶的大城市，找到了银钟、铜钟，甚至玻璃钟，但没有一

....

1　Thyrza（赛尔扎），近似希伯来语词Tirzah/ Thirza, 意思是"她是我的快乐"。

口钟适合挂在那个大钟楼里。他也经过了很多荒芜的海滩，看着大海的碧浪冲上黄沙，形成一道长长的浪花白线，伸向远方。

　　幸运的是，他船上的水手长是经验丰富的老手，在年轻的船长还是学徒的时候，就和他一起出海航行了。这位水手长找到阿尔泰尔，对他说：

　　"英明的船长，我出生在东边的群岛，那里流传着一个传说。据说在海洋最西边的某处有个钟岛，他们说，那里有个城市，居民都特别爱听敲钟的声音，能听上整整一天。岛上的山里有稀有的金属，最适合铸造庄严高贵的钟。那里的国王就是我们这个世界的铸钟师。这可能只是一个无聊的传说，不过当年人家就是这么告诉我的，我只是原原本本地说给你听。"

　　"东边、北边和南边我都找过了，却一无所获。"他说，"但西边的大海还从没有人去过。

来吧，来吧，朝着快要落山的太阳走。我们要去寻找这个隐秘的岛屿。"

阿尔泰尔让船迎着明亮的海浪和强烈的阳光向西前进。浪头越来越高，被阳光照得雪亮的浪花像阵雨一样泼洒在船头上，冰冷的泡沫两边分开，嘶嘶作响。船行了一千里，又一千里，很快迎来了一个平静无风的夜晚：缆绳悠悠荡荡，海水平静无波，天上繁星灿烂。当船缓缓滑入夜色之时，海里传来了警钟的声响，微弱、遥远而又清亮悠扬。

安全了。水手们欢呼起来，欢呼声震动了星星，淹没了钟声。这时候，又起风了，吹满了风帆。天明时，山峦起伏的钟之岛出现在他们眼前，孤独得像辽阔大海上的一艘船。

他们去了钟城，发现那里的每座房子、每座塔楼上都有一口钟，每个人的长袍边缘都悬挂着铃铛。每天从白天到黑夜，钟楼里的大钟都在轰

响，排钟在鸣唱，而一串串小铃铛都在回应它们的歌唱——小铃铛的声音就响孩子们玩闹时发出的笑声。

阿尔泰尔航行四海勇敢寻钟的事迹，传到了长着胡子的老国王耳朵里。看着这个健壮的蓝眼睛青年，老国王觉得心头十分温暖，于是便对他说：

"善良勇敢的船长先生，你将会得到你想要的，世界上最好、最高贵的钟。我会吩咐下去，今天就准备好造钟的金属，在大山的熔炉里熔化，到明天中午就会倒进造钟的模子里。"

第二天中午，国王和他的人民，还有阿尔泰尔和他的水手，都站在熔炉边上。造钟的金属在里面翻滚沸腾，冒着绿色和红色的泡沫，铜液和金液在里面形成旋涡。国王把一个装满泥土的金杯扔进熔炉，说道：

"噢，钟啊，愿你凭借这块土壤，永远铭记

大地！

　　"记住大地和它美妙的声音，包括鸟儿的歌声，树叶的沙沙声，小河的潺潺流水声，夜风的呼啸声，还有威严的雷鸣声：去把这些唱给人类的儿女！"

　　说完后，老国王又拿起一只装满海水的金杯，也投进了熔炉里，说道：

　　"噢，钟啊，愿你凭借这杯海水，永远铭记大海！"

　　"记住大海和它的声音，包括巨浪的咆哮，泡沫的轻语，不受风雨侵袭的宁静海岛边波纹的闲谈，还有狂风造成的骚动：去把这些唱给人类的儿女！"

　　然后，他们把炽热的金属倒进泥土做的模具里，等待它冷却。七天七夜一晃而过，技术娴熟的工人们分开模具，把钟从里面取了出来。雕刻家们又给它雕上了鲜花、树木、叶子、小鸟、波

浪和鸟蛤[1]贝壳。

阿尔泰尔非常感激老国王。他谢过国王，把钟装上船，启程向东航行，又往南去。

快到南国时，年轻的船长发现食物和饮水差不多都快没了，就赶紧让船去最近的港口，看有没有什么可买的。正好那个码头也有一条船载着找到的钟回来了。那口钟无疑也非常地好，但和勇敢的阿尔泰尔带回来的钟相比还是不值一提。那艘船的船长名字叫克拉肯[2]。他满心好奇，非常想知道阿尔泰尔的钟是不是比他的更好。

阿尔泰尔的船在港口停泊，脸颊晒黑的强壮水手们在懒洋洋的日光里干起活来。他们用小桶

---

1   亦称心蛤，是一种可食用的贝壳，大约有250种，世界性分布。

2   Kraken（克拉肯）：这个名字的意思是挪威传说中的北海巨妖。

把海水提上来冲洗甲板，还把一袋袋食物搬到船舱里储藏起来。过了一会，克拉肯就坐上红色小船的船尾，让六个水手划船，过去拜访阿尔泰尔。

阿尔泰尔带克拉肯来到黑乎乎的船舱里，举起一盏大大的灯，好让克拉肯看清楚这口精美绝伦的大钟。这口钟真是太美了，克拉肯看到后，就动起了歪心思——

"如果阿尔泰尔船长带着这口了不起的钟去南国，我的钟就别想赢得国王的奖赏了。我必须想法子把他和这口钟一起干掉！"

于是他就问阿尔泰尔："船长兄弟，你什么时候启程动身？"

"明天正当午的时候吧。"阿尔泰尔回答。

"中午？"克拉肯嫉妒得发红的眼睛突然一闪，想出了一个坏主意。"难道你敢在夜里穿过危险岛的暗礁地带？"

"我的船快，"阿尔泰尔回答，"我可以赶在太阳落山之前，找到水面上标记安全航道的警钟。一旦找到它，那还有什么可怕的？它标记的安全航道水又深，又宽阔。而且警钟的声音也很响。"

到了第二天早上，克拉肯很早就让船启程离开了港口。他花了一整个上午渡过孤独的海湾，到中午的时候就来到了危险岛附近。这是一个刮风天，雾蒙蒙的天空一会儿变晴，一会儿变阴。海浪拍击在礁石上，到处溅起白色浪花。海鸥发出一声声尖叫。周边挂满海草的暗礁一会儿露出水面，一会儿又沉到海浪之下。

很快，克拉肯就看到了漂浮在海面上、指示安全航道入口的警钟。

这口安置在海里的警钟是在钢铁国的大山熔炉里铸造的。它圆圆的底部是钢铁做的，钟口也箍了一圈钢铁，上面雕刻着海里的鱼类、贝壳和花朵。警钟就安在底座中央，钟的两旁有两个钢铁铸造的敲钟人，一个是巨人，一个是矮人。它们昼夜不停地用手里的锤子敲响警钟。

克拉肯大笑起来，让水手们去破坏敲钟人手里的锤子，好让警钟不再响起。水手们就毁掉了锤子。但巨人和矮人还是不停地举起空着的手，向警钟的位置砸去。

然后，克拉肯让船驶过这条安全航道，向南国方向驶去，很快就消失了踪影。

不过，他干的这件坏事不是没有目击者。那位打渔少女赛尔扎看到了一切。

为了阿尔泰尔，她等了一个漫长的下午。太阳马上就要落山了。天际升起了乌云，大海也暗了下来，沉重的海浪渐渐变成了黑色，浮泛着泡沫的条纹。海风也开始呼啸。

突然，赛尔扎看到了一艘张着风帆的大船，借着风力，正向这边驶来。太阳几乎已经隐没，

乌云的边缘镶着一道道霞光，鲜红似火。

"这是阿尔泰尔的船，"赛尔扎叫出声来，"天马上就要黑了，如果在黑暗中听不到钟声，他的船会触礁出事故的。如果能做到的话，我必须划小船去钟那里，敲响警钟。"

勇敢的少女立刻跳上小渔船，穿过黑暗和越来越大的暴风雨，向无声的钟驶去。她和风浪搏斗，辛辛苦苦地划了很长时间。过了一会，一阵大风把她吹得离钟更远了。巨浪冲撞在钟上，溅起咸苦的飞沫。警钟在海里旋转、摇晃、滚动，被海浪掀起来，又砸下去。

赛扎尔把小船系在了其中一个铁人像上，举起平时用作压网重物[1]的圆石头，敲响了警钟。

1　捕鱼时，渔网太轻难以沉入水中，往往用石头或铁块等重物压入水中。现如今，用手抛网捕鱼的话，渔网边缘常常有铅坠重物。

阿尔泰尔的船越来越近了。火焰一样燃烧的落日余晖从云上褪去，风高浪急的疯狂夜晚降临在大海上。

"叮——咚！叮——咚！"钟声在空中回荡。黑暗中大风呼啸，海浪发出雷鸣之声，退去时又纷纷碎裂。突然，赛尔扎看到阿尔泰尔船上的灯火就近在眼前——他的船平安驶入了安全航道。

阿尔泰尔的船徐徐驶过，离钟那么的近，赛尔扎几乎可以摸到它的橡木船身。

阿尔泰尔船上的灯光终于在黑夜中消失时，赛尔扎解开了小船的缆绳，准备向海岸划去。一些渔民看到她在钟那里，已经在海岸上点起了一大堆篝火，引导她安全返回。但是，突然，少女又看到了第二艘船的灯光。那艘船也在寻找安全航道和警钟。

赛尔扎已经很虚弱，也很冷了，但她还是留在那里，继续敲响警钟，直到那艘船也安全通过

了暗礁地带。让她非常惊奇的是，这艘船没有走，而是掉头停泊在了危险岛的小渔港里！

在火光指引下，勇敢的赛尔扎努力划船，终于平安回到了岸上。

阿尔泰尔则继续前进，来到了南国。因为他把最好、最高贵的钟带了回来，他赢得了国王赐予的财宝和荣誉称号。

地海之钟被悬挂在大钟楼里，每到清晨和傍晚，就会对人们诉说关于大地和变幻莫测的海洋的神奇和奥秘。

勇敢的年轻水手拥有了像国王一样的财富和荣耀，但他的心还是没有满足，因为他心里还记着少女赛尔扎，很想让她成为自己的妻子。他又回到了大海，一到危险岛，就匆匆忙忙上岸去寻找这位灰眼睛的少女。

"你是在找赛尔扎姑娘？"渔民们问道，"唉！她走了，我们不知道她去了哪里。在月亮

低悬的那个月 [1]，两艘大船在傍晚来临时通过了暗礁地带的安全航道。一艘船继续驶向大海，另一艘船却停泊在我们的港湾。我们还怕这是一艘海盗船呢，因为它是傍晚过来的。打那天以后，就再也没有人见过赛尔扎了。"

渔民们还告诉阿尔泰尔，赛尔扎是如何敲响海里的警钟，救了那两条船。阿尔泰尔想起了他们说的那个晚上。他明白了，是赛尔扎救了他，没有让他的船撞到暗礁上去。

后来，阿尔泰尔东来西去，南来北往，驾船沿着世界各地的海岸线寻找这位姑娘。但没有一个人能告诉他关于她的消息。他航行了整整一

1　在地球上，太阳高度角随四季变化，但月亮高度角变化规律比较复杂。月球的公转轨道与地球的赤道平面的夹角在18°到28°之间变化，月亮高度角变化的周期不是一年，而是18.7年左右，用月亮高度来判断季节、月份并不准确。但在童话世界是可以的。

年，然后来到了月亮国。

他去月亮国的王宫打听赛尔扎的消息，侍卫们把他带到了统治这片土地的女王面前。她看上去非常年轻，戴着银冠，穿着银袍，外面还套着一件拖在地上的蓝色礼服。

但古怪的是，她用一块厚厚的银面纱遮住了自己的脸，任何人都看不到她的容颜。

听完了阿尔泰尔的故事，女王道："船长先生，你到处寻找一个渔家姑娘是在浪费时间。她已经走了，你再也见不到她了。还是结束这没有希望的搜寻，到我的国家来任职吧。留下来，我封你做我的海军总司令。"

但英勇、忠诚的阿尔泰尔摇了摇头，回答说："不。"女王陛下三番五次邀请他留下来，但他还是坚持继续寻找赛尔扎。

女王笑了，她的笑声带着一点愉悦。然后，她把面纱扫到了一边。阿尔泰尔在女王的宝座上，看到了他日思夜想的赛尔扎！

"亲爱的阿尔泰尔，"女王说，"你应该听听整个故事的来龙去脉。我的父亲是这里的国王，而我是他唯一的孩子。有一天早上，我们乘船出海，突如其来的大风暴把我们带离航道，吹向了大海。很快，船就在危险岛旁触礁，撞得粉碎。船上所有人都遇难了，只有我一个人获救。

"我的臣民一直在打听失踪船只的消息，但徒劳无功。好多年过去，终于有个月亮国的渔民来到危险岛上，从当地渔民那里听到了那艘船出事的消息。他把消息带回国，我的臣民就乘坐一艘大船出海，把我迎了回来。我们走得很急，因为当时大风大浪非常危险，船长又对那里的暗礁很陌生。但直到现在，海上一直有一艘船，负责把来自四方的消息和礼物带给危险岛上的渔民。"

朝臣和侍卫们礼貌地鞠躬告退。阿尔泰尔和

赛尔扎一起走到面向大海的大窗旁边。

他是年轻的水手，而女王是海的女儿。他们就在那里，发誓忠于对方，永远相爱。

他们的婚礼盛大辉煌，全世界都前所未见。阿尔泰尔善良的父母，塞扎尔的养母，还有所有的水手，一起跳起了水手角笛舞[1]，唱起了关于大海的欢乐老歌。

他们从此幸福快乐地生活在一起。

1　角笛舞：角笛舞诞生于16世纪的英国水手中间，舞蹈中有水手的标志性动作：右手撑在额头上望海，接着换作左手，碰到恶劣天气身子突然倾斜，从船头到船尾做有节奏的拖拉动作。分快速角笛舞和慢速角笛舞。爱尔兰、苏格兰、英格兰广泛流行这种舞蹈。

Q 阿尔泰尔在满是金色屋顶的大城市
找到了哪几口钟？

世外仙林

The Wood Beyond the World

　　从前有一位年轻的骑士，名叫阿洛伊斯。他是个孤儿，无依无靠，所以要住到一位强大国王的王宫里，直到他成年为止。到时候，他就可以继承强大的权力和众多的财富。城堡最高塔楼上的一个圆形小房间，就是给他住的地方。从大窗户的雕花窗台那儿，他可以看到王宫的花园和外面的林地，看到年纪比他大的贵族们三三两两走在国王后面。

　　一个夏天的夜晚，骑士阿洛伊斯在塔楼上看到一道美丽的金色光芒在山坡上的树林里移动。

　　"那一定是精灵们在山上跳舞。"年轻的骑士说，"我要骑马到林子里去，远远地看看他们。"于是，他在夜色中骑马赶了过去。夜晚非常安静，小鸟们都上床睡觉了。一弯镰刀新月怀抱一轮旧月，正在西方天空缓缓下沉。

　　突然，年轻人看到这道金色的光芒在树林间向他移动。

那是一个漂亮的少女正从林间走来。她穿着绿色家织布做的连衣裙，外面系了条白围裙，头上戴着一顶小帽子，帽子上还顶着一盏金色的灯笼。她的眼睛看着地上，时不时弯下腰去，采一朵花放进自己的篮子。阿伊洛斯下了马，悄悄跟在她后面，担心踩断树枝的声响会暴露自己在黑暗中的存在。

　　月光照亮的林间空地上有座小房子。少女走了进去，轻轻地关上了身后的门。房子有一扇窗户是开的，对着外面的黑暗。金色灯笼的光明照亮了整个房间。很快有个声音唱起了动听的乡村歌谣。伴随着这首轻快活泼的歌谣，屋里还响起了一种奇怪的声音。那是一种踩踏什么东西发出的嗡嗡声，有点像纺车在呼呼转动，但比那种声音要更沉重，而且每隔一小会儿就会有某种木头的东西发出古怪的咔嚓声。

　　阿洛伊斯踮着脚尖，在月光下轻轻走近，看

清了里面的情形。

　　壁炉架一头的高烛台上点了一支蜡烛，墙面突出的烛台上点了好几支蜡烛。金色的灯笼依然亮着，就挂在门边。少女沐浴着光亮，坐在橡木织布机前，双脚踩动踏板，来回移动梭子。

　　金色、白色、玫瑰色、桑葚色、蓝色的几束线躺在她指尖上。织布机架子前摆着已经完工的活计，那是一幅看上去贵重而大气的挂毯，少女巧妙地织出了有骑士们和淑女们的画面。上面有军营驻扎，军旗飘飘，男人们手拿武器，各个城堡外都有护城河在静静流淌。

　　这穿着绿色家织布裙子的少女是个孤儿，靠织布为生。她习惯用植物的根系和花朵给纱线染色。当阿洛伊斯看到她的灯笼出现在山上时，她正漫步林间，寻找星光春白菊。

　　青年阿洛伊斯在月光下骑马归去，回到塔楼的房间里。除了那位可爱的织布少女，他的脑子里什么都装不下了。他决定还要骑马过去，找到她，向她求婚。第二天早上，他就骑着马唱着歌，沿着林间小路来到山坡上，到她家讨杯水喝。少女的名字叫菲德拉。她彬彬有礼地给了他一杯水，言行举止非常娴雅。阿洛伊斯觉得，她简直是世界上最有魅力的人儿了。

接下来的几个月，他每天都骑马到那个小房子去，没过多久就坦率地向菲德拉求了婚。少女以为他只是王宫里的一个普通侍从，丝毫没怀疑他是什么大人物，就点头同意了，还答应说，愿意和他一起骑马到山顶的村子里去，在村长的主持下举行婚礼。

到了结婚那天早上，大片的乌云涌过去遮住了太阳，让地上的世界变得寒冷、安静。乌云时不时破碎开来，漏下的阳光在广阔大地上洒下光斑，片刻之后又消失了。菲德拉穿着漂亮的乡村服饰，领口上装饰着一小束花，站在窗前，等待着那如雷鸣般到来的马蹄声和阿洛伊斯快乐的呼唤。

可是，唉……上午的时间一点一点过去，壁炉上的木头钟嘀答、嘀答地响着，乌云汇聚成了一片灰色的云海，遮住了下午的太阳，可阿洛伊斯依然没有出现。中午过后不久，外面就下起了一场温和无风的雨。很快，花园的花就在越来越浓的暮色中垂下了头，好像很难过看到这么美丽的新娘被抛弃、遗忘在了这里。

我们来看看宫廷里发生了什么事吧。

阿洛伊斯告别织布少女，答应她第二天早上再来后，就回到塔楼，穿上了觐见国王规定要穿的华丽礼服。这件礼服是用最昂贵的白色缎子做的，还镶了金边。他身侧系着镶嵌着闪亮蓝宝石的宝剑。蓝色天鹅绒短披肩松松地披在他肩上，两个角用胸口的金链子固定在一起。阿洛伊斯皮肤很黑，脸颊通红，这套礼服穿在他身上非常合适。

年轻人就像他事先打算的那样，一五一十把事情告诉了国王，还直率地说，他很爱这位织布少女，想在明天上午就和她结婚。

国王戴着王冠，穿着宽大的猩红色长袍，高坐在宝座上。一开始阿洛伊斯说话，国王还是微笑着听的，可他快说完的时候，国王的眉头已经皱起来了。

"年轻人，"国王严厉地说，"我已经听得够多了。这件蠢事必须到此为止，而且是马上。你居然要娶一个织布的丫头做新娘，是把那一大笔遗产还有爵位忘光了吗？回你的塔楼，在我发话前，不许骑马到城堡的围墙外头去！"

"可是，陛下，这件事我不能自己做主吗？"阿洛伊斯并不害怕，大声反驳。

"我是你的监护人，"国王冷酷霸道地说，"我对你有其他的期许。阿洛伊斯阁下，走吧。"

"你要做什么只管来吧，"年轻人回答，
"除了菲德拉，我不会娶其他任何人为妻。"阿
洛伊斯昂着头，离开会客厅，走上楼梯，回到了
他自己的房间。

他走后，国王托着下巴，沉默地坐了一会，
然后突然甩下深红色的长袍，叫人去准备马车。
他乘坐马车穿过森林，来到荒野峡谷边缘的一座
大塔楼上。那里住着一位法力高强的巫师，他一
直在为国王提供魔法协助和指导意见。

巫师已经很老了，他穿着一件纯黑色的斗
篷，上面点缀着闪闪发光的银星星和金月亮。他
坐在黄金椅子里，身子却向前倾，双手搭在结实
的黑色手杖上。这个高层的圆形房间里蛛网密
布，阴沉沉的，各个拱形窗户的搁板上放了
一千只形状扭曲、颜色各异的水晶烧瓶，
有深沉的海蓝色、热情如火的猩红色、
雾蒙蒙的紫色、澄澈的黄晶色，还有

竹叶青蛇一样鲜亮的绿色。这里还有一只巨大的黑色蜥蜴，一双猩红色的眼睛带着点绿色。它跑过石板地面时，鳞片会蹭出沙沙的声响。

巫师听国王讲了阿洛伊斯和菲德拉的事情后，用黑手杖敲了地面几下，然后站起来，一句话都不说，从壁龛里取出了一个用最黑暗的大理石做的罐子，上面有奇怪的金色纹理。

"你来找我，做得很对。"巫师对国王说，"这位年轻人有个骄傲的灵魂，会跟你反抗到底。用婚姻策略让他遵从你的意志，是最明智的做法。这个小药罐里装的是忘情水。这是一个地精从地下世界深处带来给我的。今晚你必须把它倒在黄金酒杯里，宫里晚餐的时候就放在他的位子上。一旦他喝下忘情水，就会永远忘记那个织布女孩。"

到了晚上，国王和宾客们来到城堡的宴会厅用餐。餐厅里到处都点着蜡烛，餐桌上铺着雪白的桌布，放着黄金碗碟，很多穿绿衣服的仆人进进出出。国王坐得比别人高，吃晚餐的时候，他一直看着阿洛伊斯。突然，他露出了阴沉的微笑。这年轻人已经喝下了忘情水。

夜里很晚的时候，国王把阿洛伊斯叫到跟前，盯着他的眼睛，发现他确实已经把菲德拉的事忘光了。

"阿洛伊斯爵士，"国王说，"你就要成年了，很快你会发现自己是我治下权力最大的勋爵。我是你的监护人，有责任为你寻找一位配得上你的地位和财富的新娘。在田野国有一位美丽的公主，她的名字叫梅露西娜，明天早上你就去正式拜访她，向她表达你的敬慕，向她求婚。"

阴险狡诈的国王就是这么跟他说的。他打算通过阿洛伊斯和梅露西娜的联姻，吞并田野国。

第二天早上，天上依然乌云密布，偶尔漏下的阳光一闪即逝。林间空地上的小屋里，菲德拉一直站在窗前，等啊，等啊。可在王宫里，阿洛伊斯戴上了装饰着珠宝的手套，向国王鞠了个躬，然后上了黄金马车，靠着织金锦缎做的桑葚色靠垫，陷入光彩夺目的锦绣堆里。

"嘀答，嘀答，嘀答。"菲德拉家木钟的指针嘀答走着，又走过了几个小时。

那辆黄金马车闪耀着照亮周边数丈的金光，已经翻过了几座山，消失在远方。

黄昏降临了。在林间小屋里，壁炉里的柴火已经烧成了灰烬。菲德拉从头上取下新娘花环，点燃了蜡烛，疲倦地在炉灰旁的靠背椅上坐了下来。她是那么地信任阿洛伊斯，心中没有升起一丝对他的质疑。

"肯定是发生了什么不好的事情。"忠贞的菲德拉说，"唉！会出什么事呢？"整整两天，她都在窗口和织机之间走来走去，徒劳地等着消息。到第三天早上，她再也忍受不了担心害怕，就到王宫，向国王打听阿洛伊斯的事。

"原来你就是那个织布女孩？"国王冷酷地说。他很讨厌菲德拉，因为她对他的远大计划造成了威胁。"你找阿洛伊斯爵士吗？好啊，如果你找得到，你就去找吧。嘿，御前卫士们，把这个冒失的姑娘抓起来，用马车把她弄到国外很远的地方去！"

马车翻过山峦，越过峡谷，不断碾过坑坑洼洼的路面，摇摇晃晃地疯狂颠簸着。菲德拉坐在马车里，就像一个囚徒。一阵大风匆忙吹过这个阳光普照的世界，在路旁的湖水里激起点点涟漪，让刚学飞行的小鸟儿们心慌意乱。下车后，

菲德拉发现自己来到了荒郊野外，她望着马车向家乡所在的西方疾驰而去，消失在被风吹乱的灿烂霞光中。

菲德拉开始徒步旅行，寻找阿洛伊斯，因为国王禁止她再回到祖国。她沿着金色草原上的公路一直走，看到身边麦浪起伏，像一片大海。她走过静悄悄的金刚山，去过山顶上的王国。可始终没有任何关于阿洛伊斯的消息传到她耳朵里，给她带去欢喜。

在一个春天的早晨，菲德拉正走在一片树木茂盛、细流涓涓的美丽山地上，忽然看到了一座她从未见过的奇怪宫殿。高大的围墙和巍峨的城垛上长满了过度茂盛的绿草，墙缝里开着花，墙上垂挂着开花的藤蔓。女孩往里看去，发现大厅里郁郁葱葱，里面巨大的柱子都是活的树木。正厅尽头的宝座也是一棵活的大树，宝座上坐着一位皮肤较黑、高贵庄严的女王。她的两边是十二

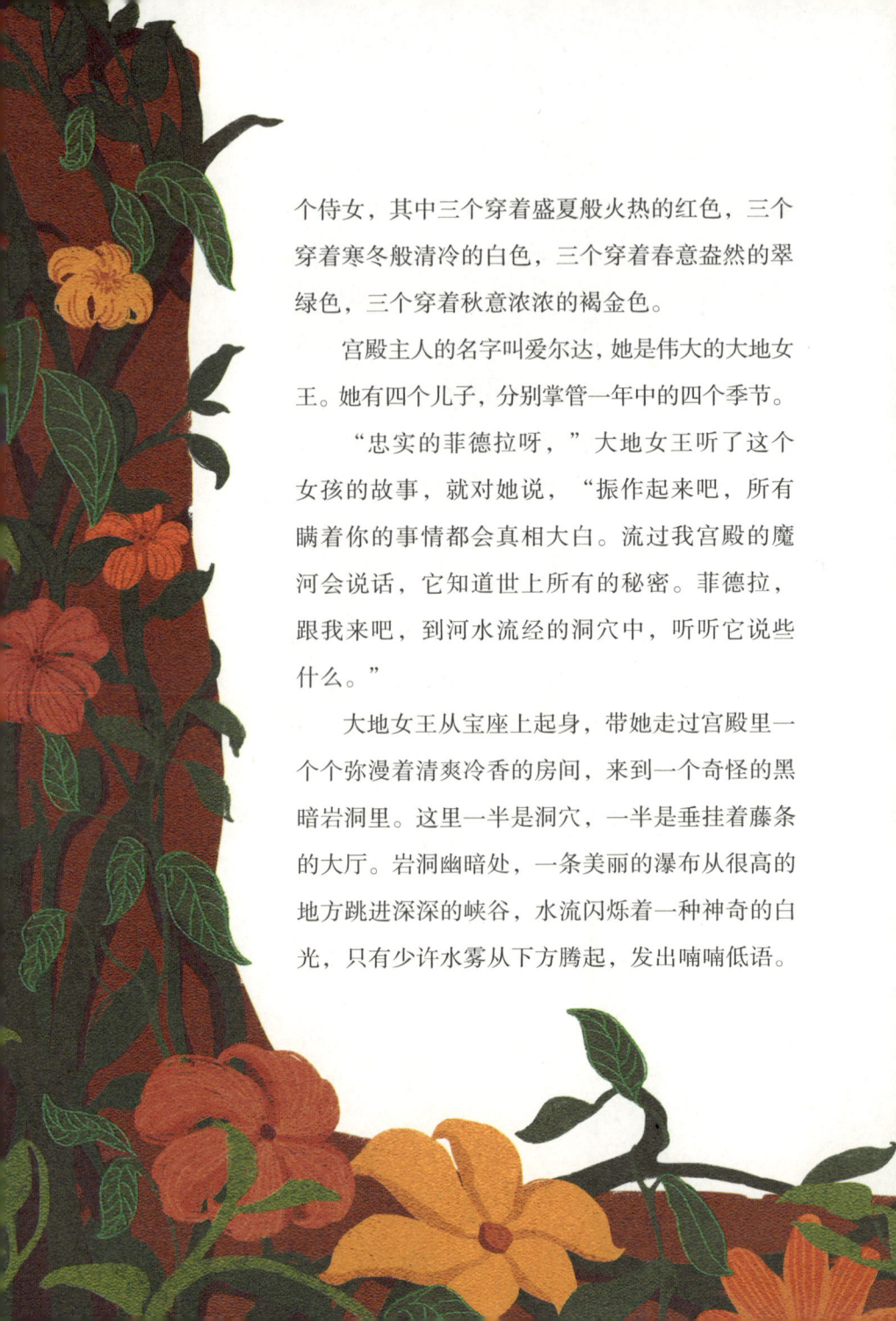

个侍女，其中三个穿着盛夏般火热的红色，三个穿着寒冬般清冷的白色，三个穿着春意盎然的翠绿色，三个穿着秋意浓浓的褐金色。

宫殿主人的名字叫爱尔达，她是伟大的大地女王。她有四个儿子，分别掌管一年中的四个季节。

"忠实的菲德拉呀，"大地女王听了这个女孩的故事，就对她说，"振作起来吧，所有瞒着你的事情都会真相大白。流过我宫殿的魔河会说话，它知道世上所有的秘密。菲德拉，跟我来吧，到河水流经的洞穴中，听听它说些什么。"

大地女王从宝座上起身，带她走过宫殿里一个个弥漫着清爽冷香的房间，来到一个奇怪的黑暗岩洞里。这里一半是洞穴，一半是垂挂着藤条的大厅。岩洞幽暗处，一条美丽的瀑布从很高的地方跳进深深的峡谷，水流闪烁着一种神奇的白光，只有少许水雾从下方腾起，发出喃喃低语。

菲德拉凝望着深渊里那苍白的光芒，询问阿洛伊斯和他的命运。

过了一两刻钟，深渊里的水好像聚集起来，传回了一个模糊的吼声，又渐渐轻了下去，变成了喁喁低语。然后，低语声变响了，回荡开来变成了清越悠扬的话语。这个来自魔法深渊的声音告诉菲德拉，阿洛伊斯是忠于她的，但巫师让他喝下了忘情水，现在他正在去田野国的路上。

"啊，天哪！就没有办法破除这个咒术了吗？"菲德拉问道。

"在世外仙林，"流水回答，"在那些比星辰更老的树下，有一眼记忆泉，那里流出的泉水像水晶一样清澈。如果那个年轻人用金杯喝下这种泉水，咒术就会破除。"这个清越的话语声越来越轻，最后消失不见。

大地女王爱尔达给了女孩一个美丽的金酒

杯，上面还有黄金杯盖。她派出一艘能在地上航行的巨大的船，送女孩到世外仙林去。

当女孩来到海边时，夕阳已经消失在山后，海浪温柔地拍打在渐渐暗下来的海岸上。天上没有风，不规则的庞大云团在深邃的星空中静止不动。爱尔达女王那艘巨大的船出现在遥远的海面上，就像是另一片陆地的蓝色防波堤，把西面和南面那漫长的地平线都连了起来。船上的桅杆是那么地高，往天上看，几乎看不到桅杆的顶端在哪里。流云拂过甲板，索具上悬挂的灯笼飘在云中，就像天上的星星。

这艘船是那么地大，从船头走到船尾要走三天，从船的左舷走到右舷也要花将近一天。船上的帆大得像一个个城镇，一个水手骑着马把船长的命令传达给各处的船员。甲板上有好几个村子，有人在广阔的田野里耕地劳动，也有吃草的牛群，有公路，有可供旅客休息的小旅馆。

夜晚降临了，海上刮起了风，乌云在星辰间流过。一艘小船划过来，把菲德拉接到了这艘巨大的船上。

　　一上大船，女王的人就把一座带花园的漂亮小屋交给了菲德拉。

　　然后，这艘大船日夜兼程，驶过广阔而孤寂的大海，去往世外仙林。

　　记忆泉就在那些最高贵的大树脚下，整个森林里唯一能听到的声音，就是泉水落下时奏出的清脆动听的音乐。那里站着一个戴着兜帽的古老石像，它低垂着头，把一个罐子举在空中，那水晶般清澈透明的泉水就是从里面无休无止地流出来，落在下方的石盆里。

　　菲德拉弯下腰，用金杯在石盆里舀了一满杯泉水。她看到水面上凝聚出一个场景，然后又消散，凝聚出另一个，这些都是关于她过去人生的所有记忆。

又一次，爱尔达女王的大船载着菲德拉，驶过孤寂的大海。菲德拉看到了陆地。不久之后，她翻过山峦，越过峡谷，来到了田野国。

冬天过去了，王国里所有的城镇和乡村都用小旗子和早开的花编成的花环装饰起来，因为三天后，阿洛伊斯爵士就要和梅露西娜公主结婚了。

很快，菲德拉就来到了这里。她爬到一座山的山顶上，俯瞰着王城，在那里停留了一会儿，思考怎样才是给阿洛伊斯送上这杯记忆泉水的最好方法。

"我必须找到一台织机，"菲德拉说，"然后用它织出一件昂贵的结婚礼物，这样，城堡里的爵士们就会允许我带着它去见阿洛伊斯了。"

她在城外的村子里找到了一所房子和一架织机，用一个金币把它们买了下来。她从一位邻居那里得到了银色纱线，从另一位邻居那得到了蓝色纱线，又从其他人那里得到了包含世界上所有

颜色的纱线。

　　菲德拉开始织一块美丽的挂毯。她把自己的故事织了进去，先从森林里的金光开始，然后是阿洛伊斯来到了山坡上。一针一针，一线一线，爱尔达那草木丛生的宫殿出现在了织机上，然后是岩洞里会说话的流水、在云上飞过的巨大帆船，还有世外仙林里的记忆泉水。太阳在王城高高的塔楼后面落下了，可菲德拉依然在织机旁忙碌。蜡烛已经烧得很短了，但织布的嚓嚓声一直在响。

　　到了第二个夜晚，当菲德拉起身把一根木柴丢到火上时，透过屋里的寂静，她听到远处传来了嘚嘚的马蹄声和马车车轮滚过时那隆隆的声音。那声音越来越响了，很快，一辆城里出来的大马车就从女孩门前飞驰而过。奇怪的是，马车上的灯笼没有点亮，车帘也紧紧地拉着。

　　"也许是某位贵宾被十万火急地传召回国

了。"菲德拉想。

晨光降临了。这个早上，阿洛伊斯骑士和梅露西娜公主就要结婚了。唉，可是挂毯还没有织完！但女孩已经不敢再冒险拖延哪怕一刻钟了。她从织机上取下挂毯，拿着这份礼物和那只装着记忆泉水的金杯，加入到城里狂欢庆祝的人群中去。街上已经站满了穿着鲜艳制服的士兵、游行的音乐家们、年轻贵族、嬉闹玩耍的跑腿男孩和淳朴的乡下人，还有穿着天鹅绒礼服、面色严肃的议员们。给阿洛伊斯和梅露西娜送礼的人们要从城堡东边那扇门进去。

城堡里的钟突然响了起来，震耳欲聋，好像第一次响一样。

菲德拉带着她的礼物走向门口。一位态度傲慢、肩饰银链的宫廷大臣站在门口，只有那些带来的礼物足够丰厚的人，他才肯放进去。

"这位年轻的女士，"宫廷大臣严厉地对菲

德拉说，"你的挂毯还没织完，回家织完再来。现在不能进去。"

"噢，先生，"可怜的菲德拉说，"请别把我赶回去！让我进去吧，求你了。噢，让我进去吧！"

"我说什么，就是什么。"在震耳欲聋的钟声中，宫廷大臣对菲德拉吼道，"年轻的女士，我禁止你——"

突然，钟声敲到一半，就停了下来，所有声音都消失了，周围静得诡异。人们奇怪地面面相觑。

梅露西娜公主不见了！她和她的表兄黄金山国王一起连夜逃走了。菲德拉看到的那辆马车，就是新娘逃走时乘坐的那一辆。至于阿洛伊斯骑士，有人说他已经离开了王国，有人却小声说，他是觉得脸面无光，所以躲到了一座塔楼里。很多人都哈哈大笑起来。

护卫们把菲德拉推开，不让她进门。她只好回到了田野中的小茅屋里。

天黑了，空气中弥漫着新犁开的泥土的芬芳。一弯新月悬挂在多云的西方。屋里静悄悄的，菲德拉点燃了壁炉里的火，然后把挂毯从织布机上扯下来。她站在壁炉前，深深地望着那明黄色的火焰。

突然，外面传来敲门声。菲德拉去应门，却发现她面前就站着年轻的骑士——阿洛伊斯。他被公主抛弃了，尊严扫地，伤透了心，在城堡里流连不去。直到天黑了，他才带着他的人离开了城镇。因为走得太急，他口渴了，就在田野里亮着灯火的第一家停了下来。

他沐浴着月光，站在门口，向女孩讨杯水喝。菲德拉的心怦怦跳着，把装满记忆泉水的杯子递到了他的手里。

巫师的邪恶咒术失效了，这些年来的艰难险阻和苦苦追寻也终于结束。年轻的骑士摔了金杯，大喊一声，抱住了深爱他的女孩。是为了她，他勇敢地直面国王的怒火。这女孩忠诚地爱着他，相信他，为了他走遍了世界上很多国家，勇敢地克服了诸多困难。

"亲爱的菲德拉，"阿洛伊斯说，"今天我成年了，再也不用受国王摆布了。希望你能成为我的领土的女主人。来吧，我的随从和马车都在门外。"

菲德拉吹灭了蜡烛，和阿洛伊斯一起走向马车。只有一根烧残的木头还闪烁着点点光亮，照亮这个空空的房间。一缕微风吹动了地上的青草，在靠近田野的峡谷某处，一只鸟儿醒来了，甜甜地唱了几声，然后一切又都静了下来。

"很高兴我还没把这块挂毯织完，"菲德拉小声说，"现在我可以给它织上一个幸福的结尾了。"

在金色的月光下，马车翻过山峦，越过峡谷，消失在远方。

巫师所在的圆形房间里，有什么动物？

雪人

The Snowman

　　从前，在北方的一个王国，下了特别大的一场雪。雪花从山上飘来。亮灯的时候，最早的雪花就落了下来，下了整整一夜。呼啸的狂风吹着雪花，用洁白的颜色淹没了农场和村庄、草地和田野，而且越埋越深，越埋越深。大雪又下了一天一夜。到了第三天，风小了，云薄了，露出了一块湛蓝的天空，明亮的阳光从这个缺口洒向大地。地上到处都覆盖着皑皑白雪。

　　一旦雪橇打通了道路，农场村庄的孩子们就会聚集到学校里。他们穿着亮色的羊毛外套，扣子扣到下巴，还戴着羊毛帽子和毛线编织的连指手套，在寒风里比赛扔雪球，为纯粹的欢乐大叫出声。他们还想到要堆个雪人，于是，很快所有的人都在操场上滚起了大雪球，要给雪人做一个棒棒的身体和强健的四肢。他们把雪人的身体和四肢牢牢地拼在了一起，又往上面涂抹更多的雪，让它变得光滑。然后，有个年纪大点的男孩子，把圆圆的头安在了雪人的肩膀上，还用自己的毛线手套给他做了一双招风耳。雪人做好了。它站在操场上，望着这个世界。

在冬天的晨光里，雪人看上去真是高大漂亮！黑色的小鹅卵石做了它的眼睛，冰凌做了它的鼻子，一根弯曲的树枝做了它的嘴巴，给它的表情加了一个愉快的微笑。在上课铃响前一两刻钟，穿黑衣的年轻老师拿着一顶旧的黑帽子走了出去，笑嘻嘻地把它戴在了雪人的头顶。

天气非常寒冷，雪人虽然整个儿都站在太阳底下晒，身上却没有一片雪花融化。到了夜里就更冷了，满月从茫茫雪原上升起，月光照在空教室的窗户上，也透过窗户照在黑板的算术题上。雪人的冰凌鼻子在月光下闪闪发亮。没有人看到，它正开心地对着寒冷静寂的夜晚微笑。

突然，耳边响起了雪橇的铃声，而且越来越近。村外有一位好心的精灵，名叫萝多拉，住在

一座石头砌成的角塔里。今晚，她心血来潮，想在月光下乘坐雪橇出行。拉雪橇的马是一匹带斑点的灰色好马，驾雪橇的是一匹戴着皮毛帽子的温驯白狼，雪橇滑板刻成了天鹅滑翔的样子，显得非常优美。

精灵整个人都埋在毛皮制的袍子里，双手还插在暖手筒里，坐在雪橇上，非常愉快地享受她的滑行。

"停下！"经过学校的时候，精灵对白狼说，"我想去好好瞧瞧那个雪人。我好喜欢它。它的笑容真开心！我想，我可以让它活过来。来，把书递给我，它就在篮子的左边。"精灵在月光下念了书上的几句话，又重复了自己所有咒语中力量最强的那个，也就是能赋予非生物生命的咒语。

雪人一下子活了过来，但它花了点时间，才明白自己是活着的。这里我们必须承认，精灵的咒语

虽然给了雪人生命，但只给了它很少的理解能力。它一来到世上，就是一个非常简单的人，甚至有点笨笨的。萝多拉看了他几分钟，想看看它会做些什么，但雪人什么都没有做。萝多拉就在雪橇上向它挥了挥手，然后就命令白狼驾着雪橇继续滑行。雪人生命中最初的感受，就是精灵离开时响起的雪橇铃声。它盯着月亮看了好一会儿。

　　一直到早上孩子们回学校时，它都没有移动过。一个小女孩还用鹅卵石给它的外套加上了一排纽扣。孩子们在学校上课时，它在外面听不到他们说话的声音，但能听到他们的歌声，这让它非常高兴，冰凌鼻子都在阳光下闪烁着彩虹的光芒。寒风吹在身上真是舒爽！

　　可到第三天早上，又出了什么事？一夜之间，好像有什么东西不对劲了。雪人看到照在积雪乡村的阳光变得更明亮了，心里觉得很古怪。它不知道该用哪个词来描绘这种情形，但风已经

掉头吹向南方，冰雪也开始融化。各处的积雪都开始变薄，清澈的雪水汇成细流，顺着斜坡流淌下去。

到了中午，温暖的太阳照在地上，温暖的风拂过地面。学校屋顶上的一大块雪突然顺着斜面轰隆隆地滑了下来，然后在太阳底下慢慢蒸发。

"可怜的雪人。"一个声音说道。雪人抬头看去，看到附近一棵树上有一只小鸟。它说："可怜的雪人！用不了多久，你就要化光了，只剩下一点点雪和一个水洼。"

雪人发起抖来。"噢，不，不，不！"它喊道，"别在我刚刚活过来的时候。"

"那你就得跟着寒冷走了。"小鸟说，"去寻找北方吧，尽快动身，不然就太晚了。"

"我该走哪条路？"雪人问。

"对不起，我也不知道，"小鸟说，"我一整年都住在这里。不过，别在这里晒太阳啦。没

错，现在就走！你可以移动的，你试试看。"说完这个建议，小鸟就飞走了。

雪人想了好一会儿。然后，它缓慢地迈出了一条雪做的腿。原来它能走！甚至还能跑！虽然还在融化，突如其来的狂喜还是充满了它雪做的心脏。它不想继续融化下去，无论如何，它现在就要努力逃离那个可怕的结局。

"老师！"学校里一个小学生叫了起来，她望着窗外，眼睛瞪得圆溜溜的，"我们的雪人跑了。"所有的小学生们都吵吵嚷嚷地从座位上站了起来，想看清楚一点。是真的，雪人真的跑了。它已经走过了一片田野，即将进入一片大森林。

"别胡说八道了，简。"老师从讲台上站起来说，"全都给我坐下。听题，如果四个苹果的价格是五便士……"

离窗最近的几个孩子看到雪人消失在了森林里。

树林里比外面要冷。雪人靠着一棵树，在雪地上坐了下来，放松地舒了一口气。现在它暂时安全了，不会再继续融化。心情一放松，它就把帽子摘了下来。刚才一根低矮的树枝差点把帽子从它头上扫下来，它就把帽子端端正正地挂在了这根树枝上。松树上的小鸟们朝它吱吱地叫，用亮晶晶的小眼睛盯着它。突然，两只白色的野兔出现了，它们棕色的眼睛里满是好奇。

"嘿，你从哪里来？"白色的野兔们问它，"一个小时前你还不在这里呢。"

"我真的不知道。"雪人回答。

"那你要到哪里去？"野兔又问。

"哪里冷，就往哪里去。"雪人回答，"我在太阳底下，就会化掉的。"

"那你夏天会晒黑吗？"其中一只野兔问道，"我们到夏天就会变成棕色。"

"这可说不好。"雪人回答。

"那好吧，祝你好运，再见。"野兔们快活地说，"我们正在找桦树的嫩枝嫩叶。拜托，如果看到一只狐狸，就大声喊，通知我们。"然后它们就踩着雪地匆匆忙忙离开了。

　　太阳落山后，又过了一个钟头，森林里变得非常黑暗，雪人这才从雪堆里站了起来，推开拦路的树枝往前走，寻找乡间小路。随着夜晚的来临，空气又变冷了，让它觉得舒畅。它用两只雪做的脚一里又一里艰难地走着，寻找着，脚下几乎不会发出一点声音。在茫茫冬夜的宁静中，它路过了沉睡的房屋和黑暗的巨大谷仓。当天空发亮，东方出现一颗特别明亮的晨星时，它又躲进了森林，找了一棵靠起来舒服的树，钻在树下的雪堆里休息。

　　它就这样过了几天几夜，直到走出了松树森林。有一天早上，雪人发现自己不得不躲到一片相当开阔的山毛榉林里，可那里既没有雪堆，也没有一片完全遮阴的树影。多么糟糕的一天啊！天气又转暖了，雪人又开始融化，湿乎乎的雪水淌过它的鹅卵石眼睛，它冰凌做的鼻子也在不断缩短。雪人在一堵石墙北面找到了还没融化的最后一层冰壳，垂头丧气地坐在那里，思考接下来该怎么办。当黄昏来临，却没有带来丝毫凉意时，它绝望了。

"如果继续待在这里，我会融化的。"它说。夕阳斜照下，它第一次走上了公路，除此之外它不知道还能做些什么。让它惊吓警惕的是，道路两旁的田野上都已经没有积雪了。

很快，它就走到了道路转弯处，看到前方公路的右边是辽阔而美丽的草地，覆盖着新生的如茵绿草，草地的边缘还有一条小溪，溪边是一片金色的水生金盏花。三辆大马车来到了草地旁这个路口。拉车的马都是黄褐色的，在下午较晚时候的阳光照射下，它们看上去几乎都是金色。雪人和世界上其他人都没有见过这三辆马车！赶车的年轻车夫都穿着绿色的衣服，帽子上有花朵的徽记。三辆马车都漆成了水灵灵的绿色，非常漂亮。第一辆边缘装饰着深绿和金色的马车是里面最大、最美的。这些穿着漂亮衣裳的年轻人在草地上搭起了鲜艳无比的大帐篷。雪人站在那里，甚至还能听到鸟儿的歌声。

雪人感到非常茫然，身上也快没力气了，但它还是努力向第一辆马车走去。突然，第二辆马车上的门打开了，一群少女下了马车，纷纷跑到第一辆马车门外，好像在等待谁的出现。不一会儿，门打开了，马车上走下了一位世界上最美丽的女士！她金绿两色的长袍绣着色彩缤纷的花朵，脚下穿着一双小小的绿鞋，头顶戴着一个花环。

雪人向前走，侍女们纷纷后退，好像是看到它觉得惊慌，甚至害怕。但那位女士看它的眼神却很和蔼。

"可怜的雪人。"女士说，"你是怎么来到这儿的？你走错方向了。这条路通往南方，你应该去北方。"

　　"我不知道该走哪条路。"雪人结结巴巴地说，"请帮帮我，尊贵的女士，请您指点我。"

　　这位女士就教它如何通过大熊星座[1]找到北极星。"晚上就朝着北极星的方向走。"她说，"我会留在营地，等你顺利上路再走。"

　　"噢，女士，"有几个侍女反对，"所有人都在等您，他们会说您今年迟到了。"

　　"别着急，还来得及。"女子平静地说，"现在我们必须帮助这个糊涂的可怜雪人。"

　　雪人摘下帽子，在她脚边单膝下跪。

1　大熊星座是北斗七星所在的星座。北斗七星位于大熊的背部和尾巴，通过斗口的两颗星天枢、天璇连线，朝斗口方向延长约五倍远，就找到了北极星。

　　"心地仁慈、美丽绝顶的女士，您对我真好，请问您是什么人？"雪人的鹅卵石眼睛感激地望着她。

　　"我就是春天，"她回答，"我正在去地球北方旅行的路上。"

　　那天晚上，雪人费了些工夫，认出了夜空中的北极星。然后它转过身子，朝来时的方向前进。

　　雪人朝着那颗恒久闪耀的星星艰难前行，落光了叶子的山毛榉林被甩在了后面，然后依次是松树森林、冷杉林和白桦林，最后，它终于又看到了夜色中覆盖在田野上的雪光。很快，它走进了北边的一个国家，那里的农场和草地要少一些，到处都积起了高高的雪堆。雪人走啊走啊，一会儿沿着它能够找到的道路走，一会儿又在黑暗、孤独的森林里沿着冰冻的河面走。冬季大颗的星星开始滑向西方的夜幕，新出来的小一些的星星则从东方升起，出现在高低起伏的林海之上。

它走到的地方已经不再有农场和田野了。夜色之中，一股黑暗的冷风呼啸着吹过北极荒原，歌唱着雪人艰难赶路的事情，雪人听到很高兴。现在，它已经来到了独自一人的世界。某一天，它遇到了来自附近一条结冰咸水河的海象，愉快地聊了聊旅行和天气。"我总是在海里游。"海象说，"顺便问一下，你有没有见过我的老朋友木匠？"雪人还遇到过一只在冬天皮毛雪白的小白鼬，它把雪人带到松软厚实的大雪堆里休息。在一个狂风大作的傍晚，雪人的帽子被风吹走，在雪地上翻滚，是一只乐于助人的小天鹅帮它把帽子叼了回来。

　　现在白天赶路也已经是安全的了，它相当确定目前的方向没错。淡蓝色的天空一天到晚都有鸟群飞过，有时是排成"人"字飞行的大雁，有时是排成"一"字在高空飞过的白天鹅，它们都是从越冬的南方飞回来的。能吃苦耐劳的小鸟也

从南方飞了回来，它们绕着雪人飞舞，经常想对它说话，聚在一起叽叽喳喳说得非常兴奋，它几乎一个字都听不清。有时候，下巴上有条纹的大雁会对它鸣叫，问它是否能做它们的头领，因为它们从没见过像它这样的存在。

一个阳光灿烂的中午，在冰冷耀眼的太阳下，雪人来到了冰冻海空荡荡的海滩上。在满是石头的海滩和结冰的海面之间，有一条宽阔的水道，里面静静地漂满了随风逐流的冰块。雪人坐到一个漂荡的冰块上，把圆圆的脑袋埋进了雪做的双手。"我该怎么过去呢？"它大声地说道。突然，它看到一头很大的白色北极熊正从海滩上向它走来。

"你想过去吗？"北极熊说，"我就是负责摆渡的。你爬到我背上，把腿抬起来，不要碰到水。"

雪人就照它的话做了。北极熊哗啦一声跳进

了海水，向冰面游去。这段距离不是很长，不一会儿，雪人就走上了冰面。刚才离开的海岸不会发光，但现在，它的前方全都是冰。这块白色冰面正向地球的北极漂移。

那天晚上，在北极光下，雪人第一次远远地看到了冰墙和冰塔楼，它们属于北极巨人的宫殿。

雪人到达宫殿时，上午已经过去了一半。它有礼貌地走进一扇扇水晶门，发现巨人正坐在用北极的岩石制成的宝座上，金色的鬈发上扣着一顶冰晶王冠。而他的妻子坐在他旁边的宝座上，金色的发辫上戴着一个霜花做成的花环。他们的眼睛都是最冷的蓝色，就像燃烧着冰冷的火焰。

他们的仆人是风，灵活柔软、半透明的奇妙存在，它们穿着像是雪做成的斗篷，在宫殿里转来转去。

"雪人，欢迎你。"巨人说着，稍微挺了下脊背，向后靠在宝座上，"你想从我这里得到什么？"

"他们给了我生命，我想要活下去。"雪人谦恭地说道。

"我可以保护你，"巨人说，"这儿没有什么能伤害你。你可以和我们一起住在宫殿里。在这里你会过得很开心，再长的日子都会一晃而过。我会让你负责管理北极熊，它们中的每一个都是很好的伙伴。"

于是，雪人终于安全地活了下来，也在世界上找到了自己的位置。我听说那里的北极熊也像世界上所有人一样，非常非常地爱它。

Q 故事的主角是谁？

森林之王

The King of the Wood

从前，在一个古老的王国，有一大片庄严肃穆的森林。这片森林太大了，里面有那么多长满苔藓的老树，没有人知道森林的尽头在哪儿，也没有人知道森林里的小溪会流向哪条河、哪片海。茂密的树枝撑起了满是叶子的天空，漏下的阳光撒在林间空地上。树荫也覆盖了阴暗幽深的山涧。除了风吹过时树叶唱起的绿色的歌，还有下雨时树叶轻轻说话的声音，这片森林永远都是那么安静。森林里从来听不到伐木人用斧头砍树的声音。自打这世界被创造出来那天起，从来没有人打扰这里的宁静。

　　如果沿着唯一的小路走进森林，很快就会遇见一个小小的湖泊，湖的对岸只有树木和天空。弯弯的湖岸边长着一株株被截去树梢的柳树。湖边有个小屋，面向湖水和早晨的太阳，里面住了个编篮工。他平时在家里编篮子，等篮子编得够多了，就都放进一只大背篓里。他背着背篓，迈

着沉重的步伐走过一个个村庄，把篮子卖给农场
的人们。他出售装苹果的篮子、装鸡蛋的篮子、
买菜的篮子和采浆果用的篮子，还有一些家用的
小篮子。他的妻子有时也跟他一起走村串户，因
为她是个采药女，会卖一些乡下人用来治疗头疼
脑热、跌打损伤的草根和叶子。

一天下午，编篮工和妻子在路上遭遇了一场大雨。一感觉雨滴落下来，他就赶快用一块厚厚的布把背篓遮盖起来，然后和妻子继续前进。夹带尘土的风呼啸着吹过茂密的树枝，树枝摇晃得厉害，将更多的雨水洒到了他们身上。可想而知，当他们看到自家小屋就在湖边等着他们时，心里是多么高兴啊。

　　"老公，"妻子突然问道，"我们家台阶上坐着的是个小孩吗？他会是谁呢，怎么来这儿的？"

　　那确实是个小孩，是个小男孩，年纪很小。他褐色的头发打着卷儿，眼睛是深褐色的，身上没有穿布做的衣服，而是套着一件树叶织成的衣服，这些树叶是用一种细细的根须缝在一起的。编篮工和妻子从来没有见过这样的树叶衣服，也想象不出是谁做了这样的衣服，它看上去很精致，但又非常结实。这对夫妻觉得有责任找到这

孩子的父母，就上前去问这位小小的客人，但小男孩什么都不说，只告诉他们："我祖父是森林之王。"

编篮工和妻子没有自己的孩子，他们发自内心地希望这个穿着树叶衣服的小男孩能留下来，留在他们身边。这个小男孩似乎也很愿意留下来陪伴他们。后来，采药女用她在织布机上织成的布给孩子做了衣服，夫妻俩说服他换上了新衣。这个小男孩很有礼貌，心地善良，性格安静，行为举止甚至有些过于庄重了。他成了这对夫妻的好儿子，他们也非常地爱他。

他们深爱着这个孩子，但有一件事始终困扰着他们。养父母晚上想他，去看他的时候，他的床永远都是空的，人肯定是跑到森林里去了。他似乎一点都不怕黑，敢一个人在森林里走，一会儿透过树枝的缝隙望向天上的半个月亮，一会儿又仰望着那些巨大、孤寂的星星像钻石一样璀璨的蓝白色闪光。时不时会有些森林里的野兽悄悄来到他脚边，野兔会在月光下围着他蹦蹦跳跳，连狐狸都被吸引到了附近。有一次，在夏天黎明前的黑暗中，有只动物陪着男孩走到森林边上，一直送他到家门口。父母觉得那是一只小熊。

在冬天的月亮照进窗户时，小男孩正借着炉火的光亮在地板上玩耍。采药的女人对他说："宝贝儿子，你从来没有告诉我们你从哪里来。现在，你能说了吗？"

孩子一开始没有回答。然后，他抬起头来，带着骄傲，严肃地又说了那句话："我祖父是森林之王。"

"谁会管自己叫森林之王呢？"采药女人心想，但她没有继续追问男孩。又过了几年，有一次，她又问起："乖儿子，你眼神里怎么这么担忧着急？是不是有什么心事瞒着我们？"

男孩没有用语言回答，只是用一种奇怪的、

担忧的眼神看着养育他的母亲，但他母亲猜不出他的眼神是什么意思。

然后阳光明媚的春天来了，带来了丰沛的雨水。森林傲立在大地和广阔天空之间，叶片闪闪发亮。望着森林，编篮工和采药女都觉得从没见过这么闪亮的绿叶，也从没感受过这么庄严肃穆的氛围。天上出现了大量卷毛云，那是夏天即将来临的预兆。它们会在晴朗的金色日子里投下云影，然后就会刮起大风，摇晃摔打无数的树枝，让它们一起唱出声来，森林会高声赞美它们的歌声。林间空地是那么美丽，筑巢小鸟唱的歌也是那么欣喜，于是编篮工就会把工作台搬到门外。那里有一棵大树，能够提供舒适的阴凉。他会一整天都在遮阴的角落里忙着手中的活计。

一天清晨，养母对男孩说："你爸爸把旅馆老板要的篮子都做完了，他要用，你今晚就给他送过去吧。"

小屋和花园外围了一圈石头砌的矮墙。男孩走出围墙、关上大门之前，养母看到他停了下来，看了看傍晚的天空。在一颗明亮的恒星附近，三颗闪耀的金色行星正渐渐西沉。黄昏天色幽暗，但养母看不懂他这个探询的眼神。

　　"我要是知道是什么在困扰他就好了！"她心里默默地想，"不管那是什么，恐怕事情就近在眼前了。"

　　乡村旅馆位置不远，男孩一到那里，就在开着的窗户外，听到三个陌生人在用他不熟悉的腔调交谈。旅馆里面，三个人坐在桌子的一侧，他们的头头坐在桌首。他们一伙人都穿着乡下的工作服，他一个都不认识。壁炉旁靠着六把砍木头用的长柄斧子，边缘锋利闪亮。边上还有四个背包，是他们之前扔在地板上的。不一会儿旅馆老板就从厨房走进了这个房间。

　　这伙伐木人的头头问他："老板，你说从没

272

有人在这个森林里砍过树？"

"没有。"旅馆老板严肃地说，"这片森林跟别的林子不一样，非常神圣，你们会知道的。就没有人在这片森林里举过斧头。"

"那么所有的上好木材都归我们了。"伐木人的头头喊道。他的三个手下都往桌上砸了一拳，表示同意。"老板，我向你保证，你很快就会听到大树在这林子里倒下的声音，轰隆隆跟打雷一样。我们可不是来这找小柴棍的。去年冬天，有个伐木人在北边的山里迷了路，从山顶上，他看到远处森林里有一棵大树，他说它就像森林里的一个绿色巨人，鹤立鸡群，衬得其他树都成了小矮子。我们就是在找这棵树，明天一早就出发。那人已经把它所在的方向告诉我们了。老板，明天日出前就叫醒我们，请给我们准备最好的早餐！"

老板没有回答，只说他会准备好早餐。这几

个伐木人很快就自顾自聊天去了。

男孩把篮子一把塞进老板手里，一离开旅馆大门就飞跑起来，急急忙忙回到家里。

"妈妈，"他对小屋里的养母说，"今晚我必须到森林里去。别为我担心。预言里的事就要发生了，我必须赶快把警告传递出去。"他还说着话，就已经出去把门关上了。

夜晚来临了。天上一朵云都没有，连星星也比平时要少，稀稀落落的，就像一只手撒出的麦粒。它们散布在深蓝色的天幕上，每一刻都比之前要亮。更大的发光天体也已经出现了，其中就闪耀着那三颗行星和一颗恒星。一种广阔无边、完全不受打扰的寂静降临到了地球上。

如果说星空下的小屋花园是黑暗的，那么，一旦树冠空隙间漏下的微光消失，森林里的大树下的洞穴也是同样黑暗。森林动物的眼睛也许已经进化到能感应最微弱的光线，帮助自己在黑暗中行走。可这个男孩行走在黑暗里，没有一丝犹豫，他似乎有着森林夜行动物的眼睛和最坚定的脚步。他走得快速、灵敏而无畏，一会儿蹚过流经道路的小溪小河，一会儿爬上陡峭的山坡，上面散落着巨大的岩石和乱蓬蓬的幼小的常绿植物。

一束光照进了森林，月亮出来了。现在是满月之后几天，那是初升的下弦月。它从地平线升了起来，月光布满了东边的天空，它四周的几道云彩围起了一个月光的池塘。猫头鹰开始鸣叫，在远处，一些野兽用长长的孤独的叫声来迎接月出。男孩在森林中不断地向前走，很快就穿越了一个幽深的峡谷，那里面是如此安静，他都能听到小水珠滴在石头上那动听的声音。森林的清香和树叶、泥土、湿气混合的芳香充满了他的鼻腔，男孩愉快地呼吸着。

很快他就来到了最蛮荒的地方，那里可能曾经是大平原。那里有山，有会滚动的石头，还有

一个映着月光的池塘。一只小动物正在月光下游泳，波纹一圈圈从它头部扩散开来。男孩加快速度，从这片可爱的湖水边走过，爬上了最近那座山的山顶。那里离奇地出现了一大片森林里的草地，洒满了月光，非常宁静。

过了这片草地，另一侧山坡上孑然挺立着一棵大树，沐浴着宁静的金色月光，好像从来没有人见过它。它是一棵松树，却不是夹在松林中长得笔直的那种松树，它完全按照自己的心意自由生长，非常地伟岸、庄严。树干特别粗大，下面一开始是没有树枝的。树干也非常非常地高，衬得森林里其他树都好像只是它脚边的孩子。月亮已经升上了天空，大树顶端的枝条在流泻的月光中闪闪发亮，下面繁茂的长枝却都隐没在黑暗之中。没有一丝风从这里吹过，大树完全静止不动。它就是森林之王。

男孩在月光下向这棵大树奔去。

"祖父！"他朝大树的枝条喊道，"敌人已经来了。明天那些伐木人就会来找您。我过来通知您。"

听到这些话，一种不安、害怕的感觉就像月光一样洒遍了整个森林。虽然没有风，森林之王的枝条却像刮大风一样摇晃起来，在月下发出狂野的呼啸。然后，巨树上传来一个声音：

"我的臣民们，"它说，"让森林准备好迎接即将到来的一切吧。石头和水，树叶和藤蔓，枝条和尖刺，用这些辅助战斗！"然后，一切又都静了下来，山上依然只有宁静和月光。

第二天早上，地上都是湿乎乎的露水，初升

的太阳照亮了晴朗无云的天空。奇怪的是，没有一只鸟儿在唱歌。四个伐木人吃过早餐，就从烟囱旁的角落里拿起斧头，用拇指擦了擦锋刃。然后，他们认真地把斧头扛在肩上，一起走到阳光灿烂的户外。

"嘿，小子们，你们准备好砍掉那根大树了吗？"伐木人的头头问道。

"走吧，头儿。"其他三个人回答，"带我们过去，我们砍给你看。"然后，他们就一起进了森林。

外头阳光灿烂，森林里却似乎非常昏暗。除此之外，一切都还算正常。但也有一些不太正常的现象，有时他们头顶的树叶会在晨风里轻轻颤抖，像是发出让人半懂不懂的森林的警告。伐木人来到男孩曾经轻易蹚过的小溪，发现溪里都涨满了水，岸边都是深深的泥潭，每一条溪流都很难渡过。然而，他们还是下河走了过去，溅了一

身的水。他们又是抱怨又是骂人，因为烂泥和泥水到了他们靴子里，大腿都糊得湿乎乎的。到了中午，他们打开背包，发现旅馆主人虽然给了他们足够的面包，但在切片奶酪上一点儿都不慷慨。他们喝的水来自一眼漂亮的林间清泉，但奇怪的是，水的味道非常苦涩。但他们都饿了，只好坐在一棵大橡树下，尽量地吃饱喝足。

没有丝毫警告，橡树上突然落下一根粗大沉重的树枝，砸向他们的脑袋，上面还带着满满的绿叶。他们被重重压在下面，在茂盛的枝叶里几乎喘不过气，好容易才爬了出来。他们站起来检查骨头，发现自己虽然在发抖，但没有受伤，就继续往前走去，对这趟冒险有点恼火和困惑。很快，灰色的云海开始覆盖整个天空，森林里变得越来越冷，甚至更加黑暗。

随着他们前进的脚步，光线越来越暗。到黄昏时分，暮色渐渐加深。奇怪的是，总是有巨大的石块从山坡上突然滚落，非常吓人地向他们冲来。巨大的鹰或者猫头鹰会在黑暗的地方悄无声息地从某株高树上朝他们落下，用尖尖的爪子和愤怒拍动的翅膀吓唬他们。虽然黄昏已经来临，但他们还是步履沉重地往前走，很快就黑得看不到前面的路了。

他们不知道的是，其实他们已经离目的地非常近了。他们在黑暗中爬上山坡，几乎每走一步都要摔一下或磕绊一下，衣服被不友好的荆棘撕扯得到处都是口子。没过多久，这四个想要砍倒巨树的人就爬到了山顶，俯瞰着下方那块林间草地。在最后一丝暮光中，他们看到了高耸入云的森林之王。

"它在这里，小伙子们。"领头人喊道，"世上有过这么大的树吗？砍倒这么棵大树是多

好的运动啊！愿明天早晨我们的每一把斧头都锋利无比，砍得它木屑飞溅。来吧，我们走近去看看，在树下安个帐篷。"他们急切地经过草地，走向森林之王。这段距离实际走起来比看上去要长，他们和巨树之间隔着一个大泥潭，里面的水还是冰凉的，几乎就像一个朝四面八方溢水的池塘。他们费了好长时间才蹚过这些泥水。今天出现的月亮比起昨天来又稍许缺了一点。

白天卷起地上尘沙的风已经偃旗息鼓，但天上依然有风在刮，镶着银边的薄薄乌云庄严肃穆地遮住了正在升起的月亮。森林之王粗大的树干隐没在下方森林的黑暗之中，但它高处的枝条还是一动不动地举在那里，沐浴着明亮的天光。

伐木人来到这棵树下，聚在一起好奇地打量着这从黑暗中拔地而起、顶端闪烁着月光的巨大树干。

"让我们今晚就给它来点记号吧。"他们叫

道。于是领头人举起了斧子，准备砍上第一下。但斧子没能落下。就在斧头还举在空中时，整个森林都发出了奇怪而恐怖的吼声，那是带着愤怒和害怕的抗议和哀恸，与此同时，树枝也焦虑不安地剧烈摇晃起来，一股寒意钻进了领头人和其他三个伐木人的心。更糟的是，动物们也都发出了凶猛、威吓的喊叫，与森林的喧闹声混合在一起。捕食的鸟儿尖厉地鸣叫着，在月光中降落；越发黑暗的土地上传来饥饿的咆哮、突发的尖叫和四条腿走路的狼人那鬼一样的嚎叫，似乎在不断缩小包围圈。一道闪电带着几乎能闪瞎眼的雷火劈在他们旁边，震耳欲聋的雷鸣长久地在天上滚动。

"缺乏敬畏的凡人！"森林之王那响亮的声音打破了完全的静寂，"快滚！你们用我的人民——那些树木来造房子、生火，那是地上的法则。但我并非你们可以毁灭的树木。我属于自然和奇迹，是尊崇的存在，是生命的伟力。在还能离开的时候快走吧，到明天就太晚了。滚吧！"

世界恢复了宁静。四个受惊的伐木人突然一齐发出颤抖的尖叫，然后拔腿就跑，打破了这份宁静。恐怕他们逃回去的这一晚上会很难受的，因为聚集的乌云已经遮住了月亮，森林里伸手不见五指。直到第二天快要天黑的时候，他们才再次出现在小旅馆里，只是停下要了吃的，拿上就连夜回国了。

就在那天傍晚，编篮工和采药女都坐在屋子里的时候，他们的养子推开门，从繁星闪烁的夜色中走出来，进了家门。小时候他们发现他时，他就穿着一身树叶做的衣服，现在他又穿上了。他离开家门时还是个男孩，现在却已经变成了一个青年，站在烛光里，看上去美丽而平静。

"永别了，亲爱的父亲母亲，"穿绿衣的年轻人说道，"时辰到了，我必须离开，回到我的族人中去了。现在我什么都可以告诉你们。我不是人类，而是一个树人。我的祖父是森林之王。很多年前有个预言，说当三颗行星与明星交会时，来自人类世界的危险就会降临到我们身上。于是我被派往人类的世界，随时准备给族人发出警报。"

"谢谢你们，亲爱的父亲母亲，谢谢你们照顾我、爱我。我会永远爱你们，感激你们。永别了。永别了。"

在门口，他的养父母看到他大步走过黑暗的花园，消失在更加黑暗的森林里。"永别了，我的儿子。"采药女站在门边哭泣。而森林深处也传来了回音一般的话语："永别了。永别了。"

 四个想要砍倒巨树的人，被什么划破了衣服？

迪戈里

Diggory

从前，辽阔的蓝色大山上有一个王国，完全由农场组成。王宫就是一个农场，有畜棚、有谷仓，有马匹，有板车，有家禽养殖场和羊圈。年轻的国王也是个农民，他穿着蓝色的牛仔裤，戴着一顶用金色橡子、树叶和麦芒做成的王冠。农场一年到头有很多节日。一个是三月份庆祝大角星升起的节日，一个是仲夏夜，还有一个节日是最热闹欢快的，那就是九月的丰收聚会。走在王国的林荫道上，你会看到开花的树篱隔开一块块耕地，树木给农舍带去阴凉。国王的宫殿就在一座山上，旁边挨着一个果园。到了早上，雄鸡会喔喔报晓，马匹会发出嘶鸣，奶牛会把头伸出牛栏哞哞叫，羊也会在羊圈里咩咩叫。

这是一个快乐的国家，一切都看上去很美好，一切都很顺利。唉，可是国王心里有一件小小的伤心事。

这只是一点小小的遗憾，但国王在花园工作

的时候都没法不去想它。在他三岁的生日宴会
上，他的教母（乡野精灵玛布[1]女王）从口袋里
掏出两粒圆滚滚的种子，放进了小男孩的手心。
他还牢牢地记得她明亮的眼睛、她蓝紫色的裙装
和她的金头手杖，手杖上还垂挂下一只小小的金

1　玛布（Mab），这个名字在英格兰和爱尔兰传说里，是
指能创建并掌控男人梦境的精灵女王。

鸟，它经常扑扇翅膀，唱起歌来。"把它们种下去，我的教子。"她说，"它们是我最珍贵的礼物。"

第二天早上，乡野阳光灿烂，父亲、母亲帮他在王宫花园里属于他的那块地种下了这两颗种子，用砖块铺了走道，把埋种子的两个地方连在一起，走道两边还种了薰衣草。其中一颗种子长出了一株非常漂亮的小树苗，很像柳树，到了初夏会开满指头肚那么大的银色吊钟花。最神奇的是，这些吊钟花真的会响，会在傍晚发出动听的叮当声，就好像真的是用银子做的。

第二颗种子什么都没种出来。农民国王的整个童年都在等待什么东西能长出来，但从来没有绿芽从这片土里钻出来。他的父母曾经礼貌地告诉玛布女王，但她已经去世界的另一边旅行了。

每次国王走到花园，都要去看那棵开着银色吊钟花的精灵树，他想知道另一颗种子会长成什

么样子。他是一个天生的园丁，心里惦记这个，所以他的蓝色眼睛里总是带着一点失落的神色。

每个五朔节召集农场的人们，举行议会、代表大会或开幕典礼，是农场王国的习俗。很快国王就发出了会议通知。按照惯例，会议在国王的干草棚里举行，年轻的国王在金色发卷上戴着用金色橡子、树叶和麦芒做成的王冠，主持会议。在他身边，放着三张从客厅搬来的橡木椅，上面坐着王国三位职权最大的官员，一个叫耕地人，一个叫播种人，一个叫收割者。

这是温暖的一天，人们可以听到小鸟在干草棚外叽叽喳喳地欢叫。一群人发言之后，一个叫抠老紧的农民也站起来要为会议致辞。国王并不太喜欢抠老紧，他觉得他太贪婪。抠老紧乐意把为他工作的动物老伙计卖掉，而不是把它们放归草原。国王还怀疑他耍诡计在森林里砍了过多的树木，超出了属于他的份额。所以他挺好奇抠老

紧要说什么。

"国王陛下，"抠老紧说，"开会前我带了一份申诉书过来。我建议对付我国的田鼠。如今它们数量大增，到处都是。每次我翻耕草地，它们都会吱吱叫着从地底下跑出来。它们到我的草莓地里大吃特吃。在日子难过的冬天，它们把苹果树苗的树皮都啃掉一圈。它们都是祸害。有人能告诉我它们有什么用处吗？什么都没有，该死的田鼠！我恳请国王陛下发布敕令对付这些让人恼火的东西，叫它们立刻离开王国，不然抓住就要杀掉。我希望明天早上，早饭时间过后，我们就开始把它们驱逐出境。"

抠老紧坐下，把两手放在膝盖上，深深地呼出一口气。人们都听到了他的话，却没有响起同意他意见的低语声。这时，干草棚后方传来一个声音："可怜的田鼠。不！不！"

"我会考虑这件事的。"国王说着，在备忘

录上记下"去请迪戈里"。

这个国家只有一个迪戈里。

没有人记得从什么时候开始，农场王国总会有一个会说动物语言的年轻人。这是几个世纪以前大地女王（她住在一个凡人找不到的森林宫殿里）的手笔。她把这个国家的一个少年带到她的宫殿，教会他说这种神秘的语言。她还吩咐这个少年，等他年龄大了，就把它教给一个合适的传承者，一代一代传下去，以此确保农场永远不会忘记动物的语言。

我说的这个故事发生时，会说动物语言的那个年轻人名叫迪戈里。他是一个农场男孩，来自一个很大的苹果园。他有一张开朗友善的面孔、一双讨人喜欢的蓝眼睛和乌黑的头发。这样一个年轻人是王国的瑰宝，是这个国家成为乐土的主要原因之一。农场的动物们各司其职：牛马耕地，母鸡下蛋，狗看守咩咩叫的羊群。所有动物在人类世界都有一个可以说话的朋友，必要的时候还可以跟他讨论遇到的困难。迪戈里不但把农场对动物们的期望告诉它们，还把动物们的期望告诉农场。如果一匹马不知怎的难以驾驭，人们就会"去请迪戈里"。如果一头爱淘气、不靠谱的牛像鹿一样在篱笆上练跨栏，人们也是"去请迪戈里"。如果狗不好好看家，跑出去游荡，或是猫在夜里叫个不停，让家里人都没法睡觉，人们又是"去找迪戈里"。迪戈里天生就很有礼貌，他走过时，动物们对他喊"你好啊，迪戈里"，他总是很乐意回应，所以两条腿的动物和四条腿的动物都很喜欢他。

所以国王写下了"去请迪戈里"。农场会议一直开到了中午，到饭点时，大家都坐到户外的桌子旁享用了丰盛的午餐，还有特别好喝的茶。

年轻的国王并不想驱逐田鼠，他计划明天第一件事就是和耕地人、播种人和收割者讨论这个议题。他习惯早起，迪戈里也是。在听到抠老紧的讲话后，他陷入了深深的烦恼。他太头疼了，就从会场里走了出来，和他的新朋友商讨，那是一只非常聪明、健谈的猪。

太阳落山时，他回到了父母的农场。他有个顶楼的房间，有一张红椅子和一张漆成亮蓝色的床。他喜欢房间的天窗，因为春天他可以在这里看到开花的苹果树。在厨房对家人和猫说过晚安之后，他就回到了自己的房间。他穿上睡衣做了祷告，然后吹灭蜡烛，上床睡觉。金黄的半个月亮飘浮在温暖的天上。就在他快要睡着的时候，突然听到某个地方传来了非常悲伤的尖细叫声。

"谁在那里？"迪戈里问。

"是我，我是田鼠的头领。"地上传来了一个声音。这只田鼠正站在从天窗照下来的一方月光里，小小的双手抱在胸前。

迪戈里从床上坐了起来。"你是怎么进来的？"他问。

"钻墙洞。"田鼠回答，"是一只家鼠带我进来的。那么多碎片！那么多钉子！我真怀疑我背上还有没有一根毛剩下。但我只能继续前进。噢，迪戈里，我们真是着急死了！我们已经听说了抠老紧的申诉，知道国王可能会发布驱逐我们的敕令。你的朋友猪派一只兔子过来把整件事情都告诉我们了。噢天哪，噢天哪，我们该怎么办？"田鼠沉默了一会儿，不停地绞动它小小的双手。

"我觉得你最好站到椅子上去说。"迪戈里说着，走过去把它从地上捡了起来，就跟他平

时一样和气。"好了，我来听听你们这边怎么说。"

"我希望先说。"田鼠说，它的叫声变得有点愤愤不平，"整个王国只有一千个田鼠家庭。当然，我们都是大家庭，还有，噢天哪，噢天哪，还有一只小田鼠快要出生。但我们可什么坏事都没做，迪戈里。我们不在你们的房子里筑窝，不会啃坏你们的衣物，不会在你们关上壁橱的时候跑出来，不会在月光下偷咬你们的奶酪，我们就待在田野里。我们是田鼠，谁听说过我们会在田地里糟践东西？我们又不干坏事，迪戈里。我们要的只是草皮底下的通道和一个窝，像邻居那样住在那里的权利。抠老紧是个贪婪的老吝啬鬼！我们从来没吃过他的草莓，啃过他的苹果。他想把我们都赶出王国，让我们带着孩子和包裹，像吉普赛人一样在马路上流浪，被所有的老鹰、猫和白鼬追着跑。这太可怕了！噢，请你帮忙让我们留在这里，迪戈里。"

"我会全心全意帮助你的。"善良的男孩说道，"你今晚最好就在我的帽子里过夜吧。现在你回田野也太晚了。"

"迪戈里！"他的母亲在楼下喊道，"国王派人传话，让你明天吃完早饭就去王宫里。"

"好的，谢谢你，母亲。"迪戈里回答。几分钟后，他和田鼠都睡熟了。

第二天是一个美丽晴朗的五月天，王宫在山上，早晨的空气清甜而凉爽。国王和鸟儿们一道起床，用木头在厨房壁炉里生起了一小堆火，然后走到干草棚里，抱了一些干草喂给牧群中的女王。牧群中的女王非那头著名的奶牛莫属，它曾有一次从月亮上面跳了过去。做完这些，他又回到厨房里，在脸盆里洗了手和脸。因为还是单身汉，所以他自己给自己做了早餐。很快，敲门声响起，是耕地人、播种人和收割者到了。国王请

他们进来，在壁炉边的椅子上坐下。

"我应该发布敕令驱逐田鼠吗？"国王问道。

"这件事我没有别的想法。"收割者说，"抠老紧可不像我们。连布丁带整道菜，他都要。"

"我可以确定，田鼠不会真的给他造成什么损害。"播种人说，"如果他真的看到了像他说的那么多田鼠，他很可能是一次又一次看到了同一只。"

"别急，多考虑一下。"耕地人说，"抠老紧这个农民地位挺高的，他的话我们必须重视。也许田鼠确实已经打扰到他了。"

"我不相信。"播种人说，"我的农场里也有田鼠，它们天生就不会干坏事。"

有人很有礼貌地敲了一下门。"是迪戈里。"国王说，"进来吧，迪戈里。"

男孩走了进来，把帽子拿在手里，从国王开

始，庄重地向四个大人物行了礼。

"迪戈里。"国王说，"我应该把田鼠都驱逐出境吗？你有什么建议？"

"我相信国王陛下是不会做这样的事的，"男孩回答，"田鼠的头领已经来见过我了。"然后他把田鼠头领昨晚跟他说的话讲了一遍。"至于抠老紧，去年一整个冬天，他的草莓杂色马一直让我往干草棚里跑，它找我抱怨说，吃到的燕麦太少了，从来吃不饱。他养的猪和母鸡也这么说。"

"如果陛下想的话，我就跟田鼠们说，让它们特别注意自己的行为举止。我能否再说一句？我希望陛下您不要听抠老紧的。"

"我不会驱逐田鼠的。"国王说，"那你去跟田鼠们说吧，迪戈里，我去找抠老紧谈。他也该做个好邻居了。他说田鼠没用处，那是什么话？说真的，用处！彩虹有什么用处？夏天山里的雷声有什么用处？田野里蓝色和白色的野花又有什么用处？"

　　其他人都默契地同意了这个决定。突然，近处响起了一个几乎气得发疯的尖叫。

　　"天哪，这是什么？"国王问。

　　"这是田鼠头领。"迪戈里说，"我把它装在口袋里了。我能把它请出来，告诉它这个决定吗？"

　　国王点头。于是，他把田鼠放在桌子上，用动物的语言对他说话。田鼠先是郑重地向国王鞠了一躬，然后表演了一小段欢乐的舞蹈。跳完后，它摆正了尾巴，把一只手放在胸口，又向国王鞠了一躬，对他们发出了几声特别正经的吱吱声，有的"吱"又尖又细，有的"吱"相当低沉。

　　"他在说什么，迪戈里？"国王问。

　　"他想感谢国王陛下的善意和您仁慈的决定。"迪戈里说。

"告诉他，能够照看它和其他田鼠，我感到特别高兴。"国王说，"愿我们之间和平永存。"

迪戈里又翻译了过去。田鼠再次郑重鞠躬，又吱吱地说了一段话。

"它现在又说了什么？"播种人问。

"它有事情要告诉国王。"迪戈里说，"我先等它说完。"

田鼠说完，静了下来。

"它让我告诉陛下，玛布女王给您的另一颗魔法种子还不发芽，是因为它滚到了一块扁扁的石头下面。它认为，如果您把它挖出来重新种过，种子就会顺利发芽。"

"天啊，真没想到！"国王叫道，"愿老天保佑它。谢谢它告诉这件事，迪戈里。快，你们都跟我来。"说着，国王跑到工具房去拿了个铲子。

迪戈里先把田鼠小心地放回口袋，然后才跟

上了这些大人物。他发现国王和耕地人已经在香草花园里小心地挖掘那颗种子了。挖了好多铲土之后，他们终于找到了一块扁扁的石头，石头下压着一颗埋了好多年的圆滚滚、湿乎乎的种子，这就是第二颗魔法种子！种子取出来以后，耕地人拉来了一手推车新鲜、温暖的泥土，国王第二次把这颗魔法种子种了下去。之后，所有人都怀着种子马上长出来的愿望，离开了这里。

　　好心的迪戈里走得很快，把田鼠头领送回了它的洞窟。田鼠头领刚消失在草皮下，田鼠们欢欣鼓舞的吱吱叫声和说话声就响成了一片，地底下还传来了胜利的歌声！很高兴告诉你，在受到国王的告诫后，抠老紧改正了自己的做法，遵从农场王国慷慨待人的古老传统，变成了一个好农夫，比他过去明智多了。

　　也许是新泥土的效力，第二颗魔法种子几乎马上就发芽了。好像是要弥补失去的时间，它长

得飞快，一年时间就长成了一棵美丽的小树。第二年春天，它就差不多和几年前种下的第一棵精灵树一样高大了。到了开花的时候，它开出了小小的金色吊钟花，和另一棵树上银色的花朵一起发出丁零当啷的和谐声响。当国王走在香草花园里，目光掠过农场王国，望向宁静绿野上的蓝色远山和栖息在山顶的金色云朵时，他是多么喜欢听晚风吹来的美妙音乐啊！

乡野精灵玛步女王的手杖上有什么装饰？

亨利·贝斯顿 Henry Beston
(1888 — 1968)

美国作家，自然文学大师。

代表作《遥远的房屋》被誉为美国自然文学的经典之作。

美国文理科学院因其在文学中的突出贡献授予他爱默生-梭罗奖章。

其他主要作品有《芳草与大地》《圣劳伦斯河》《北方农场》等。

除自然文学之外，亨利·贝斯顿还创作了大量格调清新的童话故事，

如《火光童话》《星光童话》《烟囱农场睡前故事》等。

顾惜之

女，晋江文学城作者，翻译，浙江省作协会员。

毕业于厦门大学英语系。

曾获韩素音青年翻译竞赛优胜奖和银河奖（奇幻类）最佳短篇小说提名。

YuiChan

自由插画师

视觉中国签约插画家

个人作品主页：

http://yuichan.zcool.com.cn

扫码收听 199 个儿童故事，
拥有魔法声音的榕榕姐姐，
给孩子最美的睡前故事

星光童话

产品经理｜袁舒舒　　装帧设计｜叶　晨
产品总监｜李　潇　　策 划 人｜吴　涛

图书在版编目（CIP）数据

星光童话 / (美) 亨利·贝斯顿著；顾惜之译. --
杭州：浙江文艺出版社, 2019.1
ISBN 978-7-5339-5311-9

Ⅰ.①星… Ⅱ.①亨… ②顾… Ⅲ.①童话—作品集
—美国—现代 Ⅳ.①I712.88

中国版本图书馆 CIP 数据核字 (2018)第092126号

星光童话

[美] 亨利·贝斯顿　著

顾惜之　译

责任编辑　金荣良
装帧设计　叶　晨
插画作者　YuiChan

出　　版　浙江文艺出版社
地　　址　杭州市体育场路347号　　邮编　310006
网　　址　www.zjwycbs.cn
经　　销　浙江省新华书店集团有限公司
印　　刷　天津丰富彩艺印刷有限公司
开　　本　880 毫米 × 1230 毫米　1/32
字　　数　111千字
印　　张　9.75
印　　数　1-9,000
版　　次　2019年1月第1版　2019年1月第1次印刷
书　　号　ISBN 978-7-5339-5311-9
定　　价　69.00 元